ことのは文庫

まどろみハーブティー

吉祥寺シェアハウスの優しい魔法

丸井とまと

MICRO MAGAZINE

CONTENTS

まどろみハーブティー

吉祥寺シェアハウスの優しい魔法

プロローグ

窓を開けると、柔らかな日差しをたっぷりと浴びている庭には、みずみずしい緑が広がっていた。草花がさわさわと風に揺れて、芳しいハーブの香りが漂う。

薄暗く締め切った部屋で過ごしていたあの頃とは違い、ここに来てからは朝起きることがいつのまにか億劫ではなくなっている。

「ちよこちゃん、おはよう」

私を呼ぶ声がして振り返ると、このシェアハウスの管理人の春枝さんがいた。

「おはようございます」

「すぐ朝ごはん作るわね」

「私も手伝います！」

薄紫色の花柄のエプロンをつけた春枝さんはキッチンではなく、ダイニングテーブルの側にある棚の前に立った。戸を開けてハーブの葉が入った小瓶を取り出す。

「せっかくだから、一緒にハーブティーを飲んでから、朝食の支度をしましょうか」

春枝さんの提案に、私は「賛成です！」と声を弾ませる。ふたりでどのハーブにするか吟味していると、黄色の茶葉が目に留まった。

「春枝さん、エルダーフラワーと合うハーブってありますか？」

「そうねぇ、カモミールと相性がいいと思うわ。このふたつで淹れてみましょうか」

「はい！」

カモミールとエルダーフラワー。このふたつは私にとって、思い出のハーブだ。

春枝さんが茶葉を混ぜてブレンドしてくれる。お湯を入れて少し蒸らしてから、ガラスのティーカップに琥珀色のハーブティーが注がれていく。

「ちよこちゃん、飲みましょう」

ダイニングの椅子に向かい合わせに座って、まずは香りを楽しむ。立ち上る湯気からは、ひだまりの中に咲く花のような柔らかで優しい匂いがした。

ひと口飲んでみると、さっぱりとしていて飲みやすい。ここにはちみつを垂らしたら、更に美味しくなるかもしれない。

「はちみつが合いそうね」

「私も同じことを思ってました！」

春枝さんと私は顔を見合わせて笑う。

穏やかな一日の始まりに、心がじんわりと温かくなった。

一章　カモミールティーの優しさ

パソコン画面に【大人カジュアル特集】と打ち込み、手元の企画書に視線を落とす。そこに載っているアウターはミントカラーやアイボリー、桜色などの柔らかな色合いのものが多い。

シンプルなタイトルなので少し捻(ひね)って何案か出した方がいいかもしれない。ネットで春を表す言葉に検索をかけながら、いくつか候補のメモをとっていく。

アパレル会社の広報室に所属している私は、働く男女向けや日常で着られるカジュアルな服、子ども服など幅広く展開しているブランドをメインに担当している。

まだ二月で寒い日が続いているものの、来週から店舗(てんぽ)に春物の入荷が始まるため、販売促進部からもらった企画書を見ながら、今日中にプレスリリースを考えないといけない。

「加瀬(かせ)」

声をかけられて、キーボードを打っていた手を止める。

振り向くと、すぐ傍には同期の里見(さとみ)くんの姿。少し癖(くせ)のある黒髪に、くっきりとした二重。

目尻は下がっていて、あどけなさがある。

彼の服装を見て、あれ?と疑問を抱く。

今朝はスーツの色がダークグリーンで、シャツやネクタイは黒系で統一していた。けれど今はブルーグレーのスーツを着ていて、白いシャワー・ドットの柄の淡いブルーのワイシャツに、ネクタイは無地の濃紺を合わせている。この数時間で服装が変わったということは、着替える理由があるようだった。

「今日十七時から来客入ったから、急ぎの電話きたら対応頼んでいい?」

「わかった」

だから自社の服に着替えたのかと納得する。

社内には自社製品でトータルコーディネートする人と、外部の人と会うときにだけ自社の服を着て、普段はブランドに拘らず好みの服を着る人がいる。

自社製品を着て社内で被るのが嫌だとか、仕事で関わった服は見慣れてしまうため、他社の服だと新鮮味があって気分が上がるなど、人によって理由は様々だ。

「あと悪いんだけどさ、この資料作るの頼んでいい?」

里見くんが数枚の紙を私のデスクの上に置いた。その紙を見て、目を丸くする。一ヶ月前に上司から渡された昨年の資料だった。

四月に業界向けに行われる新作の展示会で当日に配る資料と、招待する企業の一覧表、入場用のチケットの手配などを私たち広報室が担当している。

　里見くんは昨年の資料を参考にしながら、今年の資料を作成予定だった。

「これって、明日の打ち合わせで部長やデザイン部に確認してもらうものだよね？」

「ちょっとここのところ忙しくって、後回しにしちゃってたんだ。しかも今日来客入ったから、作業難しそうでさ」

　役割分担をしていたので、私は招待する企業への連絡と、チケットの手配は終わっている。まだ時間に余裕があるとはいえ、明日の打ち合わせで確認してもらう予定の資料にまったく手をつけていないのはまずい。

　それに当日にモニターで流すための動画を、この資料をもとにデザイン部に制作してもらうので、他の部署にまで迷惑がかかってしまう。

　時刻は午前十一時半。午前中は今やっている企画の仕事を片付けて、午後は新しく担当になった仕事に取り掛かる予定だった。

「ごめん、私も今日は厳しくって」

　断ろうとすると、子犬のようなまん丸な目で「加瀬～」と懇願(こんがん)される。

「加瀬の資料、わかりやすくて評判いいし、頼む！　部長たちに説明するときは俺がやるからさ！」

　人前で話すことが得意な里見くんが、資料の説明をしてくれるのは助かる。

けれど、一度引き受けた仕事を締め切りギリギリで渡されると、私の抱えている仕事にも影響が出てしまう。それにこういうことは先月にもあった。そのときは残業をしてなんとか終わったけれど、何度も続くと流石にキャパオーバーになってしまいそうだ。

「今度なにか奢るからさ！」

「けど……」

「加瀬なにが好き？　肉？　寿司？　俺旨い店探すから！」

食べ物で釣ろうとしている彼に苦笑する。断りにくい空気で、どうするべきかと頭を悩ませた。

私が断ったら里見くんが困るだろうし、資料が不完全なものだと、以前の経験から部長から連帯責任として私も叱られるのは目に見えている。それなら、より良い状態でプレゼンに挑んだ方がいい。

「わかった。でも今度から、難しそうなときは早めに言ってね」

私が了承すると、里見くんは口角を緩める。

「いつもありがとな！　本当助かる！　行きたい店、考えといて！」

里見くんは足早に去っていき、私はデスクに散らばった紙をかき集めて整える。

結局引き受けてしまった。パソコンに貼っている付箋を見ながら、ため息が漏れそうになる。たまには早く帰れるようにしたい。

午前中は自分の仕事を終わらせて、昼休みを削りながら里見くんから頼まれた資料用の素材を集めた。形は頭の中でだいたい出来てきたので、三時頃までに完成させるしかない。夕方には自分の新規の仕事に手をつけたい。

集中してパソコン画面と向き合っていると、右肩がだんだんと痛くなってくる。十分ほど休憩をとろうと思ったときだった。

「加瀬さん」

機嫌が悪そうな女性の声に、びくりと肩を震わせる。視線を向けると、部長がこちらを見ていた。

「ちょっといい？」

それだけ言うと部長は席を立つ。私は慌てて、その後を追った。

一体今日はなにを言われるのかと不安になる。部長の気に障ることをしただろうか。

部長が入っていった部屋を見て、血の気が引く。そこはガラス張りの会議室で、オフィスから丸見えだ。人目に晒される場所で、私はこれからなにかについて叱られるのだ。

嫌だ。ここに入りたくない。だけどそんなこと言えるはずもない。

――通称、公開処刑部屋。

部長は、なにかあると部下を通路から丸見えのこの部屋に呼んで説教をする。

けれど壁が薄く、反響しやすい。外に声が漏れてしまうことから、一部の人たちはこの会議室をそんな名前で呼んでいるのだ。

　逃げ出したい気持ちに駆られながらも、私は手をきつく握りしめて会議室に足を踏み入れる。

「なんで呼ばれたかわかる？」

「いえ……」

　呆れたというように、部長が大きなため息を吐いた。

「加瀬さん、あなたの優しさは相手のためにならないわよ？」

　部長の声が反響する。けれど私には自分の心音の方がずっと大きく聞こえていた。狭い箱の中で浅い呼吸を何度も繰り返す。空調は止まっていて、息苦しい。

「そうやって人の仕事引き受けて、大変そうにされてもね。もしも加瀬さんの仕事が回らなくなったら、周りに迷惑がかかるってわかってる？」

　冷めた眼差しを向けられて、凍りつきそうになる。

「里見くんは口がうまいから、なかなか反論できないのかもしれないけど」

　部長の言う通りだと、自分でもわかっている。だけど今は、その正論が痛いくらい突き刺さった。

「彼に頼られて嬉しいのかもしれないけど、利用されてるだけだって気づきなさい」

「……はい」

嬉しくなんてないです。本当は自分でも気づいていました。里見くんにとって私は利用できる存在。面倒な作業を押しつけられる手軽な同期。だから彼は、都合の良いときにだけ私に声をかけてくる。口に出せない言葉が心の中で降り積もっていく。

見ないフリをしていた現実を突きつけられて、こんな自分を情けなく思えて鼻の奥がツンと痛む。

「はあ……そうやって泣きそうになるのはやめなさい。いい歳なんだから」

みっともないと吐き捨てるように言われて、視線を落とす。

「……すみません」

感情が溢(あふ)れ出しそうで目が潤(うる)んでしまう。

「涙を武器にしても通用しないの。自分のことは自分で守らないと」

胃のあたりがじわりと熱くなって、歯痒(はがゆ)さを覚えた。

自分の感情を上手に伝えたいのに、適切な言葉が浮かばず、私は唇を結ぶ。

「貴方(あなた)って押し付けやすそうなのよね。あとその髪型もプライベートではいいかもしれないけど、若い女性ってだけでナメられやすいんだから髪は纏(まと)めた方がいいわよ」

「わかりました」

「それと服ももう少し落ち着いた色味の方がいいわ。里見くんもだけど、みんな派手な格好をしすぎていると思うのよね」

この会社では服装は奇抜すぎなければ基本的に自由とされている。けれど私のいる広報室は少々服装に関しては厳しい。

私は自社製品を一部取り入れたパステル系の服を好んで着ていた。

もちろん外部の人との打ち合わせがある際は、落ち着いた色味にして堅めの服装にしている。それでも普段からそういった格好をするべきだと部長は考えているらしい。

「UDのパンツスタイルとかの方がいいんじゃないかしら」

UDとは自社のブランドで、モノトーンを基調とした服が多い。部長もそこの服をよく着ていて、今日もそうだ。グレーのパンツスーツと白いシャツといったシンプルな服装。肩につくほどの黒髪はヘアクリップでひとつに纏めている。

部長はフェミニンな格好を好まず、自分の部下たちにも外見についての指導がはいる。里見くんは言葉巧みにかわしているけれど、私はこういうとき上手い返しが浮かばない。下手に揉めたり目をつけられるくらいなら、従っておいた方がいい。

だけど緩めに巻いた髪も、明日からは結ばないといけなくなってしまったのは残念だ。

入社して店舗のスタッフとして経験を積んだ後、ようやく念願の本社勤務になって半年。

仕事内容よりも人間関係の方が大変だと痛感していた。

店舗スタッフの頃よりも、社会人としての身嗜みが大事なのはわかっている。

それでもある程度の服装の自由が許された会社で、自分の部署だけ服装や髪型などを決められてしまうことが、時々息苦しく感じることもあった。

「それとね、加瀬さん。私みたいに言いたいことが言えるようにならないとダメよ」

もしも今、私が言いたいことを口にしたら、状況はいい方向へ変わるのだろうか。

里見くんに対してだって、一度引き受けたんだから責任を持ってやってよと言ったところで、関係が悪くなる。そして彼は中途半端な資料を提出して、他の部署にも迷惑をかけるのはわかりきっている。

「貴方に押し付ける里見くんにも問題はあるけど、そういう空気をよしとしている加瀬さんにも問題があるってことを理解しなさい」

「すみません」

口の中が乾いて、声が掠れた。喉奥が炎症を起こしたように痛む。

「里見くんには、加瀬さんからあとできちんと言いなさい」

部長は仕事を私に押し付けている里見くんを叱らず、私に注意を促してくる。いつも「同期なんだから言いやすいでしょう」なんて言うけれど、本当の理由は別にある気がしていた。

彼は社交的なので人脈が広く、いろんな部署の人たちとよく飲みに行っている。

歩くスピーカー。誰かが冗談まじりに彼を表現していたのは、あながち嘘ではない。

噂話が彼の耳に入れば、瞬く間に広まってしまうのだ。

人懐っこい笑顔で、『あの話聞きました？』なんて、相手の興味を引きながら週刊誌のゴシップのように、おもしろおかしく話を誇張して彼は飲み会の席で噂を流していく。

　里見くんはそういう人だ。そして部長は、そんな里見くんと関わることが嫌で、私から彼に伝えさせることが多々あるのだ。

「優しいのは立派だけど、要領よく生きないと、この先大変よ」

「……気をつけます」

　優しいというラベルを貼られて分類されていることに違和感を覚える。私は優しさから里見くんの仕事を引き受けているわけではなかった。一番の理由は、断ってしまうと私の仕事にも支障が出ることがあるからだ。

　実際、以前どうしても手伝えなかったとき、中途半端な資料で里見くんが会議に出てしまったことがあった。そのとき部長は副社長から新人の面倒をしっかり見るようにと注意されたそうだ。

　その後、部長は自分の仕事だけをするのではなく、同期なんだから助け合うようにと私を叱った。加瀬さんが資料作りを手伝ってあげていたら間に合ったんじゃないかと言っていたこともあり、それ以来里見くんは困ったときに私を頼るようになった。

　けれどそれから数ヶ月経った今では、資料作りを引き受けるとこうして叱られてしまう。私はどうしたらよかったのだろう。

部長の話が終わり、逃げるように給湯室へ行くと目眩がした。

まぶたを閉じて、短く息を吐く。朝からコーヒーしか飲んでいないせいかもしれない。

食べたいと思うものもなくて、ただ空腹を満たすためだけに食べ物を胃に入れている。けれど、食べることも億劫になってしまい、ここ数日は栄養補給ゼリーなどで済ませていた。

さすがにそれでは体力が持たないみたいだ。なにか喉を通りやすい食べ物でも買ってこないといけない。

壁にもたれかかっていると、給湯室にショートボブの女性が入ってきた。デザイン部の田畑さんだ。

「大丈夫？」

「……うん。平気」

「外に声が少し漏れてたけど、また里見のことでしょ？」

印象的な切れ長の目をしている彼女は、一見きつそうに見える。けれど同期の中では、なにかあると声をかけてくれて、親身になって話を聞いてくれる人だ。

「私から本人に言おうか？」

「大丈夫。田畑さんは違う部署なんだし、あんまり里見くんのことには関わらない方がいいよ。後が面倒になると思う」

「でも」

「心配してくれてありがとう」

田畑さんの気遣いは嬉しいけれど、行動を起こす気はなかった。里見くんは同期の中でも中心的人物だ。そんな人を敵に回してしまったら今以上に厄介なことになるのは目に見えている。

なるべく穏便に、エネルギーは最小限で済むような選択をしていたい。

「てか、顔色悪くない？」

「まだお昼食べてないからかも」

「……本当にそれだけ？　隈もできてるし、休んだ方がいいんじゃない？」

「平気平気！　ちょっと寝不足なだけだよ」

へらへらとしながら、平然を装う。けれど内心、焦っていた。

朝にメイクをするとき、鏡をちゃんと見たはず。それなのに隈ができていることに気づかなかった。顔色が悪いとも言われてしまったし、やっぱり無理やりにでもなにか食べて睡眠をとらないといけない。

「でも──」

「さっき加瀬が公開処刑部屋で部長に説教されてたぞ」

田畑さんの声が給湯室の外から聞こえてきた男性の声によってかき消される。

間違いなく私の話で、陰鬱とした不安に心音が加速していく。逃げ出したい気持ちを耐えるように震える手で腹部をぎゅっとおさえた。

「まじっすか？　アイツ、愛想はいいけど要領悪いんすよね～。広報室の叱られ係って感じなんすよ。あ、いや違う。広報室のサンドバッグ！」

「うわ、ひでぇ。部長、お前にはキツく当たらないんだから助けてやれよ」

「いやぁ、巻き込まれるのはごめんですって。俺は平和主義なんで」

「つーか、お前が仕事振るせいで叱られてるんじゃねぇの？」

「加瀬が自分で引き受けるっつったんですから、自己責任っすよ」

声を弾ませながら他人事のように話しているのは、里見くんだ。視界が滲み、下唇を噛み締める。

――要領よく生きないと、この先大変よ。

里見くんや部長の言う通り、私は要領が悪いのかもしれない。だけど、原因を作ったのは里見くんなのに、まるで自分は無関係だとでも言うように笑いながら先輩と喋っている。

「アイツ……っ！」

今にも飛び出していきそうな田畑さんの腕を掴む。

「大丈夫だから」

自分で言いながら、心の中で〝なにが？〟と自問自答する。

ひとつも大丈夫なことなんてない。本当は里見くんに腹が立って仕方ないし、彼を叱らず私ばかり注意する部長に対しても不満が溜まっている。

だけど、我慢しないと。爆発させたら、きっと私は冷静になったときに後悔する。

「い……っ、た」

鋭利なもので刺すような痛みが眉の裏あたりに走った。

「加瀬さん!?」

足の力が抜けて、その場に崩れ落ちる。脂汗がじわりと身体中から滲み出てきて、目の前が白く点滅している。

田畑さんが私を呼ぶ声が聞こえたけれど、私は頭痛に耐えることに必死でなにも応えられなかった。

「すみません！　誰か！」

田畑さんの大きな声が響く。彼女が頼んでくれたのか、慌てた様子で男性社員がやってきた。私は身体を持ち上げられて、横抱きにされる。呆然と立ち尽くしている里見くんと目が合ったけれど、なにかを言う気力すら湧かなかった。

このことでも飲みの席で私に関する噂話が流れるはずだ。彼なりの語り口調で、おもしろおかしく酒の肴にされる。そんなことをぼんやりと考えて、もうどうだっていいやと視線を落とした。

空いている会議室へ運ばれて、椅子に座らされる。

田畑さんに救急車を呼ぶかと聞かれたけれど、大事にしたくなくて断った。その代わり、痛みが引くまでの間、会議室の椅子を並べて簡易ベッドのようにしてもらって横になる。

呼吸が浅いことに気づき、意識しながら深く息を吸う。

吸って、吐いてを何度か繰り返すことによって痛みが少しずつ引いていった。

耐えることに必死で、まともな呼吸すら、私はいつのまにかできなくなっていた。

その後、田畑さんが広報室の部長に話をしてきてくれたようで、私の早退が決まった。鞄をもってきてくれたので、デスクに戻る必要がなくなってほっとする。

十五分ほど休んでから、会社の近くの病院へ行った。どうやら脱水症状を起こしていたらしい。点滴のおかげで歩けるくらい体調が回復してから、問診を受けた。

先生に食生活や睡眠時間などを指摘され、十分な休息が必要だと言われてしまった。けれど、休息なんて今日くらいしか取れそうにない。明日からは元の日常に戻らないといけない。

スーパーで食べられそうなものを買い込んで、家路を歩く。

日中に家に帰るなんて、初めてだ。

ほんの少しの罪悪感を抱きながら、田畑さんに言われたことを思い出す。

『ストレスじゃないの？』

なにが原因なのか、思い当たることが多すぎる。

一番大きいのは仕事を押しつけてくる里見くんのことだけど、理不尽なことで叱ってくる部長や、巻き込まれたくないと見て見ぬふりをする同じ部署の人たち。

だけどこのストレスを、どう解消すればいいのかもわからない。

コート越しに自分の身体を抱きしめる。分厚いマフラーを巻いているはずなのに、寒くてたまらなかった。


ベッドの上に寝転がり、だらりと過ごしていると、気づけば外は陽が傾き始めている。

私は引き寄せられるように、窓の鍵を開けてベランダに出た。

二月の空気は冷たく刺すようで、けれど肺いっぱいに吸い込みたくなるほど澄んでいる。

唇から漏れた白い息が震えるように微かに揺れて、空気に溶けていった。

雲の切れ間からは柔らかな光が溢れ、閑散とした住宅街を琥珀色に染めている。風が吹けば、木々が揺れて優しい葉音が聞こえた。

頬に一筋の涙が伝う。

沈んでいた感情が、せり上がってくるような感覚がした。

純粋に夕景に心を奪われただけでなく、虚しさや焦燥感が混ざり合って、嗚咽が漏れる。

そして今まであまりにも余裕がなかったことを思い知らされた。

「私……なにしてるんだろ」

こんな風に夕日を見るのは久しぶりだった。

平日は仕事で夜遅くまで会社に篭りっきりで、土日は休日出勤をすることも多く、仕事のない日は寝てばかりだった。

夕焼け空がこんなにも綺麗なことを思い出して、なんだか無性に情けなくなってくる。頑張って働いていても、今の私にはなにも残っていない。

頬に伝った涙を手の甲で拭い、室内に戻る。

先ほど買ってきたゼリーを袋から取り出して、ビニールの蓋を捲った。

みかんの甘い香りが広がり、スプーンですくい上げる。そのまま口の中まで運ぶと、私は眉間にシワを寄せた。

「これ、こんな味だっけ」

冷たくてつるりとした食感はするけれど、柑橘系の風味もない。ほんのり甘いのはわかる。でも味が薄く思えて、手を止めた。

このゼリーの味が変というよりも、自分に異変が起こっている気がしてならない。

譬えるのなら、風邪を引いたときのような感覚だ。けれど身体の怠さもなければ、熱や喉の痛み、咳などといった症状もない。

慌てて冷蔵庫を開けてみると、ほとんど食材がなかった。ここひと月はまともに食事をとっていなかったことを痛感した。

仕方なくソースのボトルを手に取って、指先に一滴だけ垂らしてみる。そしてそのまま舐めた。

「なんか、違う……」

やっぱり違和感が拭えない。甘辛いソースの味ではなく、ぼやけた薄味で旨みがないのだ。もしかしたら疲れのせいかもしれない。

そう考えた私はその夜、早めに眠りについた。


翌朝、体調は特に問題なさそうだった。

顔を洗い、メイクをして、憂鬱だけれど上司に怒られないように髪をひとつに纏める。クローゼットから白いブラウスを取り出し、着替えようとしたときだった。

「……っ！」

まるで車酔いでもしたような不快感があり、吐き気がする。会社に行かないといけないのに、身体がいうことをきかない。

やっぱり体調不良なんだろうか。連日の仕事の疲れが溜まっているのかもしれない。そんなことを頭に思い浮かべながらも、心のどこかではもうとっくにわかっていた。

私の中の、なにかが壊れてしまっている。

しばらくの間、床に座り込んだまま服を握りしめていた。

ローテーブルの上に置いてあるスマホに視線を移して、指先で触れる。画面に表示されたのは、そろそろ家を出ないといけない時刻だった。

気が重いけれど、このままなにもしないわけにもいかない。自分に鞭(むち)を打つように、指を動かして部長の連絡先を探す。

早くかけないと。だけど、どんな反応されるのか想像するだけで怖い。

電話をかけることを躊躇(ためら)っていると、一分、また一分と過ぎていき、私を責め立てるように数字が形を変えていく。

人差し指でなぞるように受話器のマークをタップする。

五コール目くらいで部長が電話に出た。私は震える手でスマホを耳に当てながら、開口一番に「すみません」と謝罪をする。

「……休ませてください」

——言えた。

喉元につっかえていた言葉を吐き出せて、涙が浮かぶ。けれど、電話越しにため息が聞こえて、息をのんだ。

『体調まだよくならないの？　風邪？　熱は？　何度あるの』

「熱は……測ってないです」

『今すぐ測って。昨日は家でゆっくりしたんでしょう？』

苛ついた部長の声色に、絞り出した勇気が砕けていく。周囲に迷惑をかけてしまうのはわかっている。だけど、この状態で仕事をこなせる気がしない。

でもどう説明をしたとしても、打たれ弱いと呆れられてしまうだろう。

「もう私……限界、です。ご迷惑をおかけしてしまって……っ、本当にすみません」

しばらく黙り込んでしまった部長は、『また後で連絡するから今日は休んでいなさい』とだけ言って電話を切った。

ぷつりと糸が切れた人形のように、力が抜けていき、スマホが床に滑り落ちる。

とうとう投げ出してしまった。

頑張って続けてきた仕事なのに、耐え切ることができなかった。なんでこんなに私はダメなんだろう。うまくやりたかった。もっと仕事を頑張りたかった。だけど、あのオフィスに足を踏み入れることを想像すると、胃液が迫り上がってきそうになる。

ごめんなさい。仕事を投げ出して。人とうまくやれないだけで、こんな風になってしまってごめんなさい。誰に謝っているのかわからない謝罪を私は心の中で何度も繰り返す。

自分の弱さが嫌になり、ブラウスを顔に押し当てながら私は叫ぶように泣いた。

その後、部長と人事部の人を交えてテレビ電話をすることになった。

事前に状況を人事部の担当者にメールで送って説明した上での、三者面談だった。

『こういう状況の中で言いにくいけど、仕事に責任を持ってほしい』

画面に映った部長と目が合った気がして、膝の上にのせた手をきつく握りしめる。仕事に責任を持つべきだという部長の意見は正しいと思う。

途中で投げ出すべきじゃない。けれど、責任を持つために、心を潰しながらあの場所へ行ったら、今度こそ本当に粉々に砕けてしまうかもしれない。私を守れるのは自分だけで、人生の責任を、他人が負うことはできない。

『加瀬さん、有給全く使ってなかったものね。使いにくかった？』

「あの、」

『数日くらい休めるように、スケジュール調節してあげるから』

ただ休みたいから我儘を言っているわけじゃない。身体が拒絶して、出社することが怖くてたまらなかった。数日休んだからといって改善されるとは限らない。

「迷惑をおかけして、すみません。……受け持っている仕事は、全て終わらせて提出します」

『どうしても里見くんと顔を合わせたくないなら、席を離すこともできるわよ』

人事部の人が、『精神的な問題ですし、加瀬さんは休息が大事だと思います』とはっきりと部長に告げてくれる。けれど部長は、呆れたような表情だった。

私の不調の原因が、里見くんだけではないことを、部長は気づいていない。なんとかして私を説得する気だったようだけれど、人事部の人が間に入ってくれたおかげで、休職へと話が進んでいく。

そのことに安堵（あんど）していると、部長が冷え切った声で私に告げた。

『里見くん、貴方がいなくて大変みたいよ』

責められているような気がして、私の身体は氷のように硬直して動かなくなった。

『ねえ、』

『ひとまず、仕事の引継（ひきつ）ぎなどをどうしていくか話しましょうか。体調の問題もありますし、加瀬さんはあまり思い詰めないでくださいね』

部長はさらになにか言葉を続けようとしたけれど、人事部の人が割って入るように話題を変えた。そのあとに続く言葉は、なんだったのだろう。想像するだけで胃が針で刺されるように痛んだ。


先日会社で倒れたこともあり、医師からも十分な休息が必要と言われたため、私は六ヶ月の休職扱いになった。

せめて引き受けた仕事だけはやらせてほしいとお願いをして、ノートパソコンを送ってもらった。

最初の数日は受け持っていた仕事の作業に追われていたけれど、それを無事に提出し終えると、肩の荷が下りた。

ほとんどの時間を仕事で使っていたので、することがなくなり、ベッドの上で大の字になって天井を見つめて過ごす。

無の時間だった。休職という手段を選んでしまった自分が情けなくなって、時折涙が出る。けれど、人間関係のストレスは消えて心が前よりも穏やかだ。

そんな日々を一週間ほど過ごして、三月に入った。まだ肌寒い日はあるものの、日中の気温は以前よりも上がっている。もう厚手のコートの出番はなさそうだ。

ふと、マンションの更新が迫っていることを思い出した。

この先の自分が想像つかなくて、漠然(ばくぜん)とした不安が降りかかってくる。なかなか復帰できない可能性もあるし、最悪退職になるかもしれない。一応貯金はあるものの、もう少し安いところに引っ越した方がいいだろうか。

考えなければいけない問題が発生して、憂鬱なため息を吐いた。


その日の夜、友人の実咲から近いうちにご飯に行かないかとメッセージが届いた。

一週間、コンビニに行く以外は人に会わず引きこもっていた私は、誰かと会うために外出をするということに、戸惑(とまど)いを覚えてしまう。

けれどこの機会を逃したら、これから先も誰かと会うことを避け続けてしまう気がした。

それに実咲には、会社での人間関係を時々相談していたので事情を話しやすい。

休職したことをメッセージに打ち込むと、すぐに電話が掛かってきた。

『ちよこ、大丈夫なの？　具合は？　ちゃんと食べてんの？』

もしもしと言う暇もなく、実咲が矢継ぎ早に質問してくる。

「あんまり食欲は湧かないけど……でも、休職してからは大分気持ちが落ちついたかな」

『そっか。ひとまず精神的に少しでも良くなったならいいんだけど……でもあんまり自分のこと責めないようにね』

私がもっと頑張れていたら。もっと周りとうまくやれて要領がよかったら。

そういう考えが全くないわけではない。だけど必死に働いていたときよりも、自分を責めることは減った気がする。

心にほんの少しでも余裕が生まれてきたからかもしれない。

「会社のことも今後考えていかないとなんだけど、それより先に引っ越さないとって今悩んでるところなんだ」

『あー……家賃の問題もあるもんね。一時的に実家に戻る気はないの？』

実家という言葉で、叱りつけるような表情の母が浮かんだ。

「うーん、戻る気はないかな」

帰るたびに、〝結婚はいつするの〟と聞かれる。

あまり結婚願望がない私に対して、女は結婚することが大事だという考えの人だった。結婚に囚われず、自分のライフスタイルを貫く女性も増えつつある中、結婚をしないなんて親戚や御近所さんになんて言われるかわからないわよ！と母は気にする。

私の実家は東京に隣接している県ではあるものの、自然に囲まれた場所にある。近所の人たちとの距離も近く、少々頭の硬い大人たちが多いのだ。

帰るたびに、結婚や子どものことを聞かれてうんざりしてしまい、最近は帰省の頻度も減っていた。

『あのさ、人と一緒に住むのって抵抗ある？』

「え？」

誰かと生活をするなんて考えたこともなかったので、すぐに言葉が返せない。実咲と一緒に住むということなのだろうか。

『私が前にアシスタントしてた料理研究家の人が、一軒家の一室を貸し出してるんだよね。確かまだ空きがあったはず』

「シェアハウスってこと？」

『そうそう！　場所もちよこの家の隣駅だし、興味あったら聞いてみようか？』

シェアハウスなら家賃も今より安くなるかもしれないので、正直助かる。

けれど対人関係で心が折れてしまった私が、人と一緒に住むなんてできるのだろうか。

『無理に決めなくてもいいよ。一度話聞いてみるだけでもありだし』

「……うん。じゃあ、話だけでも聞いてみようかな」

人と一緒に暮らすのは、かなり不安ではある。常に誰かが家にいるわけで、対人トラブルだって起こるかもしれない。

だけどこのまま家に篭っているよりも、外の世界に触れた方がいいように思えて、私はシェアハウスの管理人である春枝さんという女性と二日後に会うことになった。


約束の日、私は久しぶりに電車に乗った。

午後二時頃の電車は人がまばらで、席も空（あ）いている。休職前は満員電車に乗っていたので圧迫感がなく新鮮だ。

日差しが窓から降り注いでいる席に私は座った。座席はほんのり暖かく、うとうとして目を閉じる。

少しして駅のホームに聴き慣れたメロディーが流れ、ドアが閉まる音がした。左右に身体が軽く揺れて、目蓋（まぶた）を開ける。発車したようだ。

電車越しの景色をぼんやりと眺める。古びた小さな劇場の看板や、カントリー風な外観のパン屋さん。高校の校庭には、生徒たちが体育の授業をしているのが見えた。

以前から乗っていた電車のはずなのに、初めて見るような感覚になる。きっと今までスマホを見るか、人に揉まれて俯いていたので、風景には目も向けなかったからだ。

移り変わる景色を眺めながら、電車の走行音に耳を澄ませる。休職してからずっと家でゆっくりとしていたはずなのに、今の方が私の心は穏やかな気がした。

吉祥寺駅で下車すると、事前に実咲から送られてきたマップ通りに、十五分くらい歩いて目的地を目指す。

賑やかな駅を抜けると、住宅地などが見え始めて雰囲気が変わる。緑も多くて、長閑だ。木に囲まれたけやきコミュニティセンターには、子どもたちが遊べる滑り台やブランコなどがあった。

そしてすぐ側には桜並木が見える。ところどころ薄紅色の蕾をつけていて、満開の頃に来たらきっと美しい風景を拝めるに違いない。

こういう場所が近くにあるのはいいなぁと考えながら横切ると、マップのピンが点滅して、目的地についたことを報せる。

スマホをもう一度確認すると、ピンが指しているのは温かみのある橙色の屋根にアイボリーの外壁の洋風な一軒家。

木でできている正方形の表札には浜口と彫られていて、その下に椎名と岸野と書いてある小さなプレートが貼られている。

ここが例のシェアハウスで間違いなさそうだ。

玄関周りには、手入れの行き届いた植物が彩り豊かな花を咲かせている。まるでお花屋さんのようだ。ガーデニングが趣味の人がいるのだろうか。

インターフォンを押すと、「はーい。ちょっと待っていてね」とくぐもった声がした。

少しして玄関のドアが開き、中から五十代くらいの小柄な女性が姿を現す。肩にかかるほどの黒髪を耳にかけていて、淡いピンク色のエプロンをしている。その人は私を見るなり、顔をくしゃりとさせて微笑(ほほえ)んだ。

「こんにちは。あなたが加瀬ちよこさん？」

「は、はい！　加瀬です。初めまして」

「初めまして。浜口春枝です」

声も口調も柔らかくて穏やかだ。初対面なのに私を見つめる眼差しは優しくて、親しみやすさを感じる。

「さあ、中へどうぞ」

繊細な曲線があしらわれているアイアン調の門扉を開けて、春枝さんの元へと歩みを進めていく。

玄関へ入り、靴を脱ごうとすると、ミントのような清涼感のある香りがふわりと漂った。

視線を上げると、靴箱の上に飾られているディフューザーが目に留まる。

　エメラルドグリーンの液体の中に鹿の角のようなスティックがささっていて、目を引くインテリアだ。

「おじゃまします」

　廊下を進んでいくと、洗面所が左手側にあり、手を洗わせてもらう。

　洗面所を出て正面にある壁には、大学ノートくらいのサイズの額縁（がくぶち）が飾られていた。

　描かれているのは藤の花で、絵具を水に滲ませたような塗りだ。これは水彩画だろうか。

　絵に詳しくない私でも繊細なタッチで細部までこだわって描かれているとわかる。絵の下には浜口芹那（せりな）と書いてあった。春枝さんの家族が描いたもののようだ。

「綺麗な絵ですね」

「ええ……そうね」

　声がどこか寂しげだった。触れない方がよかったのだろうか。反応が気になってちらりと様子をうかがう。けれど、春枝さんは朗らかな笑みを浮かべていた。私の思い違いだったかもしれない。

「ここがリビングよ」

　廊下を進んだ先には、ステンドグラスのようなガラス製のドア。春枝さんがドアを開き、リビングへと足を踏み入れる。窓が大きく、日差しがたっぷりと差し込んでいて、開放感があった。

「共有スペースだから、テレビも好きに見ていいし、こっちのキッチンも自由に使ってもらって大丈夫よ」

左側にはL字型のソファと大きなテレビ。そして右側にはキッチンとダイニングテーブルがあった。

「もちろん抵抗があれば、ここで過ごさずに部屋で食事をしても構わないわ」

シェアハウスというのは、人が多いため物が多いのかと思っていたけれど、比較的物が少なくてしっかり整理整頓されている。ひょっとしたら春枝さんが綺麗好きなのかもしれない。

ぐるりとリビングを見渡していると、窓の向こう側の景色に目を奪われた。

緑の庭という言葉が思い浮かぶほど、青々とした植物に囲まれている。草花には日差しが降り注ぎ、柔らかな影を落としながら、風にそよぐ。

「お庭、すごいですね」

「食事やお茶用のハーブを育てたり、少しだけ家庭菜園もしているの。よかったら、覗(のぞ)いてみて」

春枝さんが左側の窓を開けると、新緑の匂いが鼻腔(びこう)をくすぐった。

忙(せわ)しなく過ごしていた私にとって、懐かしさを感じる香りだった。

ウッドデッキへ出ると、目の前にはレンガが土を囲うように正方形に配置されている。

それがふたつ並んでおり、ひとつはミニトマト、もう片方にはオクラと書かれている木製のプレートが刺さっていた。まだタネを植えたばかりなのか、芽は出ていない。

緩やかな風が吹くと、先ほど感じた緑の匂いに混じって、芳しいハーブの香りがする。

反対側にある花壇のプレートには、ラベンダーやローズマリーといった名前が書いてある。この庭にある植物の七割はハーブのようだ。

「加瀬さんは、ハーブティーは好きかしら？」

「私、あんまり飲んだことがなくって……」

子どものときは麦茶や緑茶以外のお茶をあまり美味しく感じず、紅茶すらほとんど飲んだことがなかった。大人になってからは、眠気覚ましにとコーヒーばかりを摂取していたので、ハーブティーとは無縁の生活だ。

「じゃあ、一杯いかが？　私、ハーブティーを淹れるのが趣味なの」

ふふっと微笑んだ春枝さんは、どこか無邪気で、私はつられて表情を緩めながら「お願いします」と頷く。

リビングへ戻り、ダイニングテーブルへと促された。

「準備をするから、座って待っていてね」

私は手前の椅子を引いて、腰をかける。

「ハーブは紅茶と違って独特だから、味が苦手じゃないといいんだけど」

味の好みの問題の前に、今の私はあまり味覚を感じない。打ち明けるべきかと迷いながら、春枝さんを見やる。

電気ケトルでお湯を沸かし始めた春枝さんは、次に戸棚から小瓶を出した。中身をスプーンですくい上げて、ガラスのティーポットへと入れる。

乾燥した葉の中に黄色い粒と白い花びらのようなものが入っているけれど、私にはなんのハーブなのかがわからない。

春枝さんが電気ケトルのお湯を注ぐと、ティーポットの中のドライハーブが波打つように浮いたり沈んだりを繰り返していく。

湯気と共に漂うのは、薬草の独特な香り。お湯が淡い黄色に染まっていき、静かに蓋が閉められた。

春枝さんは近くに置いてあった砂時計をひっくり返す。数分蒸らすらしい。

「なんのハーブティーなんですか？」

「カモミールティーよ」

知識のない私でも聞いたことがある名前だ。

「ハーブには、それぞれ効能があるの。カモミールには、リラックス効果もあって、冷え性や不眠にもいいと言われているわ」

柔和な笑みを向けられて、見透かされているような気がして視線を落とす。

まだ薄らと隈が残っている。前よりも大分睡眠がとれるようになったものの、急に不安を感じて眠れなくなる夜もあるのだ。

砂時計の砂粒が全て落ちきると、春枝さんはティーポットを軽く揺らして、黄金色のカモミールティーをガラスのカップの中に注いでいく。光が差し込んだ水面は、眩しいほどに輝いている。

「どうぞ」

差し出されたカップに、そっと手を伸ばした。

「いただきます」

カモミールの香りを堪能しながら、ひと口含む。

ハーブ特有の風味がするものの、角がなくてまろやかな味わいだった。思ったよりも癖は強くなくて、飲みやすい。ほんのりと甘みがあるようにも感じる。

じんわりと伝わる温かさと、鼻の奥まで突き抜けていく安らげる香りに肩の力が抜けていき、短く息を吐く。

「美味しい」

ふとあることに気づいて、もう一度カモミールティーを飲む。

「……味が、する」

しまったと思ったけれど、もう遅い。

「味？」

春枝さんが不思議そうに首を傾げた。

「えっと……」

初対面の相手に、どこまで話していいものなのかと言葉に詰まった。

でも入居する可能性がある以上は、下手に誤魔化すことはせずに、きちんと話しておくべきかもしれない。

「お仕事の件は、実咲ちゃんから少し聞いたわ。もしかして、そのことに関係ある？」

「無関係ではないと思うんですけど……実は最近味がよくわからないんです」

精神的なものが影響しているのは、自分でも理解している。

だけど仕事から離れて、休息をちゃんととっていけば、味覚も改善していくかもしれない。

現に今も、カモミールティーの味を感じることができた。

「そうだったのね」

春枝さんはなにかを考えるように、じっとカモミールティーを見つめている。ひょっとしたら私の入居について、抵抗が生まれたのかもしれない。

「すみません」

「どうして謝るの。きっと身体が必死に訴えているのよ」

春枝さんがどこか悲しげに眉を寄せた。

「……私みたいな人が入居したら色々面倒じゃないですか」

精神のバランスを崩して休職中で、味覚までおかしくなっている。そんな厄介なものを抱えた人間を喜んで迎えられないだろう。

「ここは疲れた人たちが休む場所だから、そんなこと気にしなくていいの」

カモミールの香りが立ち上る。肺いっぱいにそれを吸い込み、頭の中で春枝さんの言葉を反芻させた。

——疲れた人たちが休む場所。

その言葉が自分の中にすとんと落ちて、パズルのピースみたいに嵌った気がする。

私、疲れていたんだ。

動けなくなって、休職までしたというのに、そんなことすら自覚していなかった。

「家賃とか必要なお金は貯金からしばらく払えるんですけど、私たぶん役に立てるようなことほとんどできなくて……」

「大丈夫。うちにいらっしゃい」

「けど、」

「心が不安定なときは、ひとりで考え込むよりも一緒に過ごしましょう。もしも合わなかったら、次の居場所を見つければいいのよ」

テーブルの上に置いていた私の手に、春枝さんの手が重ねられる。

「……はい」

頑張りすぎて壊れた私は、先が真っ暗でなにも見えない。だけど触れた手は灯りのように温かくて、道を照らしてくれているみたいだった。


入居を決めた翌日。お母さんには、引っ越しのことをメッセージで伝えた。すると、その日の夜にスマホが鳴り響き、ディスプレイに表示された名前に目を見開く。

出なければいけない。わかっているのになかなか手が動かなかった。

そんなことをしているうちに電話が切れて、またすぐに着信音が鳴る。

——今度こそ出ないと。

通話マークを指でタップして、耳元へ持っていく。私が言葉を発する前に、向こう側から『ちよこ！』と怒声が飛んできて、身体をびくりと震わせた。

相変わらず、お母さんは声が大きい。

『今度いつ帰ってくるの？　最近全く顔を見せないってお父さんが怒っていたわよ。それにいきなり引っ越しだなんて。もっと早く連絡してきなさい』

「えっと、ごめん……部屋の契約が切れそうなこと少し前に気づいたんだ」

お母さんには休職のことはまだ話せていない。

本当は話した方がいいのかもしれない。でも、知れば実家に戻ってくるようにと言われるだろう。どうしてもそれだけは避けたい。

『シェアハウスだなんて大丈夫なの？　今流行ってるらしいけど、他人と一緒に住むんでしょう』

「うん。でも家主さんも優しくて、そこに住みたいなと思って」

『そう。あなたが納得して住むならいいけど。それより、いい相手はいないの？』

引っ越しの話を早々に終わらせた母は、私の近況よりも結婚に関心があるようだった。またこの話かと嫌気が差す。

『いないなら、婚活でもしたら？　今はアプリとかもあるんでしょう？』

「婚活は今のところ考えてないよ」

『今のところって！　もう二十五なのよ？　三十になるのなんてあっというまよ』

時代錯誤ではあるけれど、両親は事あるごとに早く結婚しなさいと言ってくる。

女は仕事なんて長く続けずに、家庭を持ち、子どもを産むべきだというのが両親や親戚の人たちの考えだった。

……私、結婚するつもりないよ。

そう言ったら、どんな反応をするのだろう。

怒鳴られるだろうか。それとも幻滅されて、縁を切られるかもしれない。

結婚したくないわけではない。けれど、必ずしなければいけないものだとは思っていないのだ。

『女なんだから、仕事よりも結婚に関心を向けなさい！』

〝女なんだから〟はお母さんの口癖だ。

『品川さんちの沙希子ちゃんなんて、子ども二人いるらしいわよ。ちよこも将来のこと考えないと』

　でも——お母さんは、結婚して幸せになれた？

　怒ってばかりのお父さんに、あれをしろ、これをしろと命令されて、呼ばれるときはいつも〝おい〟〝お前〟。機嫌が悪いと手が出ることもあった。

　母方の叔母さんだって、夫の浮気で苦しめられていた。けれど世間体を理由に、祖父母に離婚を許されず、それくらい目を瞑りなさいと言われていたのだ。

　父方の伯父夫婦はいつも喧嘩ばかりで、伯父のお金の使い込みで借金まで抱えていた。こんな人と別れたいと泣く伯母に、お母さんはいつもひとりで生きていくのは難しいんだから我慢しないといけないと言い聞かせていたのを、中学生の頃に聞いたことがある。

　そういう人たちを身近で見ていたから、私は結婚に対して少々抵抗があるのかもしれない。年齢や出産に拘って、焦って相手を決める結婚だけはしたくないのだ。

『もっとしっかりしなさい』

　働いてひとり暮らしをしていても、お母さんから見た私は、しっかりしていないのだろう。

これ以上、どうやって頑張ればいい？

　それに今の精神状況では恋愛なんてする余裕も、結婚相手を探す気力もない。

「……そうだね」

　口は動くし、声も出る。だけど表情が抜け落ちるというのはこういうことなのかと感じた。近くにあった鏡に映った私は、目が虚ろで感情を失っているように見えた。


　それから私は、荷造りに追われていた。

　シェアハウスには必要のないものも多いため、持っていくものは少ない。けれど、処分やリサイクルに出すものを、回収日までに仕分けないといけないので大忙しだ。

　大変だけど、やることがあるといい気晴らしになる。目標もなく、毎日だらだらと過ごしていた日々とは違い、最近は規則正しい生活になってきていた。

　共同生活ということもあって、電子レンジや冷蔵庫、洗濯機などは必要ないので処分することにした。

　ただ問題だったのが、家の中を一番占めている入社してから購入した会社の服。

　クローゼットの中と、ベッドの横に置いていた箱の中にかなりの量が入っていて、さすがに全部は持っていけない。

　整理するために、会社用の服、プライベートで着る服、部屋着の三つで分けてみると、どこにも分類されない服がたくさんあった。

最初は給料をつぎ込むほど夢中になって集めていたけれど、広報に配属されてからは着る服が限られたため、買っても着ないものばかり増えたのだ。

どの服も私が気に入って購入したはずなのに、着ることすらなく埋もれてしまっている。

本当はこのまま持っていきたい。だけど引っ越しのためには、手放さないといけない。

それを実咲に相談すると、友達と分けてくれることになり、着ない服は引き取ってくれた。

入社してから様々な思いを抱えながら集めた服を、捨てずに済んでほっとした。けれどどうしても手放すことを躊躇う服があった。

一度も着ていないけれど、広報室に配属されてから初めて買った黄色のフレアスカート。春になったら職場で着ようと思っていたのに、結局その日は来なかった。

これだけは手放すことができず、引っ越し用の荷物の中に詰めた。

そして、ひと月後。ようやく引っ越しの日がやってきた。

手元に残った荷物は少ないため、春枝さんの知り合いの人たちがワゴン車で運んでくれることになった。

荷物を積み終わり、空っぽの部屋を最後に見渡す。入居したての頃は、ようやく叶ったひとり暮らしにかなり浮かれていた。

その頃のことを思い出して、ちょっとだけ寂しさを感じながら、私は慣れ親しんだ部屋を出た。

シェアハウスに着くと、私の部屋に案内された。一階のリビングのすぐ側で、元々備え付けられていたベッドと、クローゼットがある。

この部屋は昔、春枝さんのお子さんが使っていたらしい。壁紙は白がベースなものの薄紫の小花が下部に描かれている。

それに私が今まで使っていた質素なベッドとは違い、白色のアイアンワークが施されていてお洒落だ。ここが自分の部屋になるのかと思うと、ちょっとだけ気分が上がる。

荷解きをしていると、部屋のドアがノックされた。

ドアを開けると、エプロン姿の春枝さんが立っている。

「お昼ご飯、一緒にどうかしら」

「あ……はい。ありがとうございます」

「今日は暖かいから、冷たいお蕎麦にしてみたんだけど、食べられる？」

私の食欲や味覚のことを気遣ってくれているのだろう。

「食べたいです」

些細な思いやりが温かくて、くすぐったくなる。私の実家にはこういう人はいなかった。

笑顔でいるよりも、怒っている人の方が多くて、空気はピリピリとしていたのだ。

こういう人が身内にいたら、もっと心穏やかな幼少期を過ごせていたのだろうか。

「すごい！」

ダイニングテーブルに並べられた料理を見て、私は感嘆の声をあげた。

蕎麦は丸すだれの上に盛り付けられている。ガラス製の蕎麦猪口（ちょこ）には、桜の花びらが描かれていて、それに合わせたのか箸置き（はしおき）も桜の花の形をしていた。

一つひとつに春枝さんのこだわりが見える。

そういえば春枝さんは料理研究家だと実咲から聞いている。そのため、家の食事の盛り付けや食器などにも工夫を凝らしているのかもしれない。

蕎麦はふたり分用意されているけれど、食器はもう一セットテーブルに置いてある。

シェアハウスの住人は、確か私と春枝さん以外に、あとふたりいる。

ひとりは男性で、もうひとりは女性と性別だけは教えてもらっているけれど、年齢やどんな人なのかまでは知らない。

私の視線に気づいたのか、春枝さんが眉を下げて寂しげな笑みを浮かべた。

「ちよこちゃんの隣の部屋の子の分よ」

「あの、すみません……私その人にまだ挨拶（あいさつ）してなくって！　失礼ですよね」

慌てた私を制すように、春枝さんが首を横に振る。

「今度顔を合わせてからで大丈夫よ。人見知りをする子なの。気を遣わせちゃってごめんなさいね」

「……そうなんですね。わかりました」

挨拶をしに行かない方がいい事情があるのだろうと察したけれど、今日から住み始めた私が踏み込んでいいことではない気がして、それ以上はなにも言えなかった。

「さあ、食べましょう」

春枝さんと向かい合うように座り、両手を合わせる。

「いただきます」

薬味を入れて、つゆに蕎麦を浸す。つるりとした喉越しで食べやすいけれど、あまりつゆの味がしない。ワサビを試しに舌につけてみると、ピリッとした辛さは感じる。でも風味のようなものは記憶の中よりも弱い。

「食べられるだけでいいからね」

「……すみません」

食欲は以前よりも戻ってきたと思ったのに、箸が進まない。

自分で食べると言ったくせに、せっかく作ってくれた料理を残してしまうなんて最悪だ。きちんと食べないと。

「ちよこちゃん」

宥めるような穏やかな口調で名前を呼ばれた。

「少しずつ食べることに慣れていけばいいの。ね？　カモミールみたく味がわかるものを、これから一緒に見つけていきましょう」

他の人にとっての〝普通〟ができなくても、春枝さんは嫌な顔ひとつしない。申し訳なくて、だけど彼女の優しさが滲みて目頭が熱くなる。

涙を堪えるように、私はグラスに入った緑茶を飲み干した。その冷たさが私の思考を冷静にしてくれる。

味がわからないので、食べることに抵抗がある。けれど、それだけじゃない。

今まで食事をすることを怠ってきたから、急に食べるようになっても胃がついていかないのだ。食事量を無理のない範囲で増やしていかないと身体にもよくない。

「そうそう、ちよこちゃんって勝手に呼んじゃっているんだけど、よかったかしら」

「え、はい！」

「よかった」

ふふっと微笑んだ春枝さんにつられて私も口元が綻ぶ。

春枝さんの笑顔には親しみを感じる。私にはない柔らかな雰囲気が眩しくて羨ましい。

「冷蔵庫は好きに使っていいからね。あ、でも入れたものに名前を書くことは忘れないで」

「わかりました」

「それと、食器も好きに使って大丈夫よ」

「ありがとうございます。この家の食器ってどれもかわいいですね」

食器や盛り付けから感じる、春枝さんの遊び心。食を彩るなんて今まで考えたことがなかった私にはとても新鮮だ。

「私、今まで無地の食器ばかり使ってたので、こういう食器も素敵ですね」

「同じ味でも、盛り付けと器で食べるときの気分がだいぶ変わるの。だからついつい食器をたくさん買ってしまうのよね。その桜の箸置きも新調したの。かわいいでしょう?」

春枝さんは活き活きとしている。料理を飾ることが楽しくて仕方ないといったようすで、目が輝いている。

「はい。……私じゃ同じものを買っても、こんなふうにお洒落な盛り付けはできないです。色の組み合わせも、春枝さんのセンスがいいんだなって」

ひとり暮らしを始めた頃は、ちょっとだけ頑張って料理をしていた。ランチョンマットを敷いたり、テーブルに造花を飾ってみたこともあったけれど、味気なくって、写真を撮ってみても思い描いたようなものにはならなかった。

「絶対にこの料理と合うって思っても、いざ飾ってみると似合わなかったってことも何度もあるわよ」

「そういうとき、どうするんですか?」

「洗い物は増えるけれど、お皿を変更するわ。料理の味は変わらないけれど、お皿次第で気分は変わるもの。だから自分が一番いいと思う形にしたいの」

春枝さんからは自分の日常を楽しもうとしているのが伝わってくる。

いいな。羨ましい。キラキラとしている春枝さんを見ていると、そんな感情が芽生えてくる。

今までの私は、時間に追われながら仕事をして、コンビニでご飯を済ませていた。気に入って買った服も、結局着ないことの方が多い。休日は出かける気力もなくて一日部屋着で過ごしたり、会社用の服も上司から注意を受けることを恐れて無難なパンツスタイルばかりを着ていた。

そんなつまらない日々だった。

だけどつまらなくしていたのは、私自身だ。適当でいいや、面倒。もっと寝ていたい。気力が湧かず、そう考えるのが癖になっていた。

やり方次第でいくらでも食事が彩られるように、私の日常だって本当はいくらでも変われたのかもしれない。

「ちよこちゃん、桜は好き？」

「え？……好きです」

突然の質問に驚きながらも、私は頷いた。お花見なんて何年もしていないけれど、桜の花は昔から好きだった。

「この近くにね、桜並木があるんだけど、今は桜の花が散り始めている時期なの。あとで散歩してきたらどうかしら」

今日は車でここまで送ってもらったので見られなかったけれど、シェアハウスを見学に来た日に見かけた、あの桜並木のことだろう。

三月の初めに見たときはまだ蕾がぽつぽつとあるくらいだったけれど、ひと月経った今がちょうど見頃になっているみたいだ。

「好きなものや、いいなと思ったものを記録するのが、私は大事だと思うの」

「記録、ですか？」

「写真に収めておいてあとで見返すの。そして、どうして自分はそれをいいと思ったのかを考えると、仕事でも活用できるヒントが見つかることがあるわ」

「春枝さんのお仕事って、料理研究家ですよね？」

「ええ。見た人が自分も作りたいって思ってもらえるように、味だけじゃなくて、カラーコーディネートも大事にしているの」

目の前の食器を見て、納得した。

蕎麦自体は地味な色だけれど、盛り付ける食器を工夫することによって、洗練(せんれん)された逸品になっている。そして差し色の薄紅が効いていて全体の調和がとれているし、桜の箸置きや蕎麦猪口によって、季節も感じる。

「味はもちろん大事だけど、美味しそうに見せるために飾って雰囲気を作ることも必要なの。レシピサイトでも見栄えがいいと、作りたいって思ってもらえやすいのよ」

「そういうことまで考えて作るなんて、料理って奥が深いですね」

思い返してみると、私もネットや本でレシピを探しているとき、料理の見た目で判断していた。もちろん自分好みの味つけかとか、簡単に作れるかは大前提だけれど、料理写真に興味を引かれないと作ってみたいとは思わなかった。

作り手側は、私たちがそう思うために様々な工夫をしていたんだ。

「常に新しいアイディアを探すためにも、私は外で刺激をもらうことは大切だと思うの。いろんな発見があるから、気晴らしにもなるわ」

私は今まで会社や自分の家という箱の中に閉じこもって、外の刺激も受けず、気分転換もしていなかった。換気していない部屋の中にいるみたいに、自分の周囲の空気が淀んで窒息しかけていた気がする。

「……そうですね。ちょっと散策してみます」

せっかくシェアハウスに入居しても、以前のように部屋に篭ってばかりでは、なにも変わらない。

少しずつでいいから、気持ちと呼吸を整えていきたい。

「それと夜になったら、椎名くんを紹介するわね」

「ここの住人の方ですか?」

「そうよ。ちよこちゃんと歳も近いんじゃないかしら。気さくな性格で面倒見もいい人でね、料理も好きだから休日に一緒にご飯を作ることもあるのよ。よかったら今度、ちよこちゃんもどう?」

実家で料理を手伝うのは当たり前だったけれど、昔から飲み込みが遅くて要領が悪いと叱られることも多かった。それに味覚もまだ正常ではない私がいたら、迷惑をかけてしまうかもしれない。

「多分私、足を引っ張ってしまうと思います」

私の言葉に春枝さんが声を上げて笑う。

「そんなこと気にしなくていいのよ! 仕事じゃなくて、自分たちのためだけの料理だもの。ただ、楽しみながら美味しく作れればいいの」

「本当に手際が悪くって……」

「無理にとは言わないわ。でもね、プライベートのことまで、完璧にこなす必要なんてないのよ」

春枝さんの言葉は、凝り固まっていた私の心をほぐしてくれる。

——完璧にこなす必要なんてない。

今まで私が触れてこなかった言葉だ。

きちんとしなさいと言われ続けて、実家に帰っても気を休めることができなかった。

「ありがとうございます。……できたら今度、教えてください」

自然と口元が緩む。叱られた記憶ばかりで、誰かと一緒に料理をすることには抵抗がある。

けれど、春枝さんと一緒に作れば、楽しい思い出に塗り替えられるかもしれない。


ある程度荷解きを終えてから、私は近所を散策してみることにした。

分厚いコートも、マフラーも必要のない春の陽気は身軽で、吹く風も心地いい。

シェアハウスを出て左側へと進んでいくと、風に飛ばされた桜の花びらが、私の目の前を横切っていく。

信号を渡った先には、桜の木が道を作り、青白磁（せいはくじ）のような淡い空を縁取っている。

春枝さんの言う通り、今はちょうど散り始めている時期のようだ。

花が風にそよぎ、さわさわと音を奏（かな）でながら揺れ動く。花びらは飛び立つように萼（がく）から離れていくと、はらりと舞いながら降下する。

地面を淡く染め上げていくその光景は、幻想的だった。

一歩踏み出したとき、心臓の鼓動が小さく跳ねた。

大人になるにつれて様々なことに慣れてしまい、心は動きにくくなっていたけれど、今は童心に返ったように高揚(こうよう)している。

小学生の頃、学校に桜の木があった。そこで友達とはしゃぎながら、花びらをキャッチして遊んでいたのだ。願い事をしてから、花びらを手の中に閉じ込めることができたら、それが叶う。そんな迷信を小学生の私は信じていた。

好きな人と同じクラスになれますようにとか、目が合いますようにとか、今思うと照れくさくなってしまうようなことばかり願っていた気がする。

桜に沿って歩いていくと、市役所にたどり着く。どうやら市役所の裏側にも桜が連なっているようだ。

その先へ進むと、子どもたちの元気な声が聞こえてくる。以前見かけたコミュニティセンターの外では、小学生くらいの子たちが遊具で遊んでいた。

けやきの木が日陰をつくっているベンチに腰をかけて、辺りを見渡す。賑やかな声に混じって枝葉の揺れる音が聞こえて、ゆったりとした時間が流れている。

こんな世界もあるのかと、今日改めて実感した。私が知ろうとしなかっただけで、生き方なんて何通りもある。私はこれから、どんな生き方をするべきなんだろう。

復帰するか、それとも退職するか。まだ決めかねているけれど、復帰をしたらあの日常へ戻ることになり、退職すれば別の仕事先を探さなければいけない。

だけどその前に、両親になんて説明しよう。

考え込んでいると、日が傾き始めていた。

ベンチから立ち上がり、来た桜並木の道を歩いていく。薄紅色の花びらに夕日が差し込み、空の明度も下がっていく。

夕空はオレンジ色の印象が強かったけれど、今日の空は藤紫で、綿のようなおぼろ雲は桃色に染まっている。

あまり見たことのない変わった夕景に、立ち止まって写真を撮っている人たちも多い。

その中で、ひとりだけ空を見ることなく、疲れきった様子でガードレールに寄りかかっている男性がいた。

ダークグレーのストライプのスーツにテラコッタの小紋柄のネクタイが、お洒落だなと見入ってしまう。

それにシルエットが綺麗だ。スーツは余裕を持ったサイズにすると、野暮ったく見えてしまいがちだけれど、あの人は体格に合ったスーツをスマートに着こなしている。

風に舞った桜の花びらが視界を遮り、我に返る。見ず知らずの人なのに、職業柄つい観察してしまった。

「ねえねえ、そういえばさぁ」

背後から電話をしている女の人の声がすると、男の人は大袈裟なほど肩を震わせた。顔色がみるみる悪くなっていく。

気にはなったけれど、他人の私が声をかけても不審がられるだけだ。どうすることもできず、彼の目の前を通過していくと、なにかが地面に落ちた音がして振り返った。

どうやら持っていた紙袋を落としたようで、中身が散らばってしまっている。

そしてその人は顔を歪めると、すぐに蹲ってしまった。

周りの人たちは、遠巻きに彼を見ながらこそこそと話して通過していく。具合が悪そうな彼に誰も話しかけない。

知らない人だけれど、見て見ぬ振りができなくて、慌てて引き返した。

「あの……大丈夫ですか?」

地面に散らばっている資料などを拾い上げていく。中にはインスタントコーヒーやドレッシングのボトル、菓子パンなどもあった。ひとつの紙袋に詰め込んでいたからか、取手の部分が破れてしまったみたいだ。

「平気です。触らないでそのままにしてください」

突き放すような冷たい言葉に、私は動きを止める。

顔を上げると、男の人と目が合った。

夕陽に染まった黒髪に、目尻が吊り上がった猫目。私のことを明らかに警戒しているような眼差しなのに、どこか弱々しく泣きだしそうに見える。

「あ……すみません。勝手に」

資料から手を離すと、男の人はかき集める。取手の壊れた紙袋の中に入れると、両手で抱えた。

「こちらこそ、すみません。……ありがとうございました」

視線を逸らし、逃げるように通り過ぎていく。

顔色が悪かったので、心に余裕がなかったのかもしれない。私も職場でそういうときがあった。だから、なんとなくそういう気持ちはわかる。

あまり気にしないようにと思いながら家路を歩いていくものの、ひとつ問題が起こってしまった。

先ほどの男の人との距離が詰まってしまい、まるで後をつけているみたいだ。

彼も気づいたのか、ちらりと私の方を振り返って不快そうに眉根を寄せる。

そんな顔をしなくたっていいでしょと、苛立ちも感じたけれど、相手にとってはさっき話しかけてきた女がピッタリと後ろをついてきているのは、気味が悪いことだろう。

私だって好きでこんなストーカーみたいなことをしているわけじゃない。変に疑われるのも嫌なので、歩調を速める。

後をつけてなんていませんよ。偶然同じ方向だっただけです。と言うように、素知らぬ顔で男の人の横を通過した。

早歩きを数分間続けるのは、運動不足の私にはきつい。

少し息が上がり、脹脛(ふくらはぎ)に負荷(ふか)がかかっているのを感じる。シェアハウスにつき、春枝さんから事前にもらった鍵をポケットから取りだそうとすると、門扉が開く音がした。

振り返り、ぽかんと口を開けてしまう。

「え……」

青ざめている男の人は、先ほどの紙袋の人で、私に向ける瞳には怯(おび)えが見える。これは勘違いされているかもしれない。

「あの、私」

「なんで俺の家知ってんだ？　さっきも後ろついてきてたし、マジでなんなんだよ」

私の言葉を遮り、男の人が睨(にら)みつけてきた。

「なんでって、それは」

「……気持ち悪い」

嫌悪が滲んだ言葉を投げつけられて、私の中でぷつりと糸が切れた。

理不尽に叱られることは今まで何度も経験したけれど、いきなりこんな言葉を浴びせられたことはなかった。

誤解を与えてしまうような状況だったかもしれないけれど、言葉を遮らずに話くらい聞いてほしい。

「失礼な人」

「は？」

　この人が春枝さんの言っていた、気さくな性格で面倒見がよく、料理も好きな椎名さんだろうか。けれど目の前の彼からは、その要素が全く見つからない。

「後ろなんてついて行ってないです。私もここが家なので」

「ここが家って……」

　玄関のドアが開き、中から出てきた春枝さんが「おかえりなさい」と私たちに声をかけてくる。

「声が聞こえたから、もしかしてと思ったの」

　私たちの険悪な空気を吹き飛ばすような春枝さんの朗らかな雰囲気に、苛立ちが薄れていく。きっとこれで誤解も解けるはず。

「ちよこちゃん、彼が椎名くんよ。椎名くん、彼女がこの間話した新しい入居者の加瀬ちよこちゃん」

「入居者……ああ、そういえば今日からなんでしたっけ」

　先ほどまでの私に対する刺々しさや怯えが嘘のように、椎名さんが爽やかな笑みを向けてきた。

「勘違いして失礼なこと言ってしまい、すみません。椎名史人です。これからよろしくお願いします」

あまりの豹変に口元が引きつってしまう。

春枝さんの前だから変わったのか、それとも誤解が解けたからなのかはわからない。けれど素っ気ない態度をとり続けるわけにもいかず、私もにっこりと笑みを貼り付ける。

「……加瀬ちよこです。よろしくお願いします」

「わからないことがあれば、なんでも聞いてください」

一見親切そうだけれど、どこか壁を感じた。なんでも聞いてと言いつつ、心が篭っていないのが伝わってくる。

椎名さんは私から視線を外すと、家の中へ入っていく。やっぱりあまりいい印象を抱かれていない気がした。

つい大人気ない反応をして、失礼な人だなんて言ってしまったのが原因だろうか。

自分の言動を猛省しながらも、今更どう挽回するべきなのか思い浮かばなかった。今後、関係が悪化しないようにできるだけ気をつけないといけない。

気が重くなったけれど、住み心地が悪くなることだけは避けたかった。


その日の晩ご飯は、春枝さんがハーブチキンソテーを作ってくれた。四人分用意されているものの、もうひとりの住人は姿を現す気配がない。

「椎名くん、これ持っていってくれる?」

おぼんにハーブチキンソテーとサラダ、スープをのせて、椎名さんが私の隣にある部屋の前へと持っていく。シェアハウスとはいえ、他人と一緒に食事をとるのが苦手な人もいるのかもしれない。

春枝さんと私は並んで座り、戻ってきた椎名さんが私の目の前に座る。正面から顔を合わせるのは、ちょっとだけ気まずい。

「それじゃあ、食べましょうか」

湯気にのって香ばしい匂いがした。空腹を感じるけれど、食べることへの恐怖心も抱いてしまう。

せっかく春枝さんが作ってくれたご飯の味が、またわからないかもしれない。

春枝さんと椎名さんが食べ始めたのを見て、私も箸を手に取る。

「いただきます」

チキンを口へ運ぶと、表面はパリッとしていて、身はふっくらとした軟らかさ。そしてほんのりとハーブとにんにくの香りがした。けれど味は薄く感じる。

まだ味覚はちゃんと戻っていないのだと痛感した。

「椎名くん、そういえば今日は帰りが早かったのね」

春枝さんの言葉に、椎名さんは疲れ切ったような表情で苦笑する。

「展示会に行く日だったんです。朝早くからずっといたので早めに直帰しました」

「ああ、だからあんなにサンプルをもらってきたのね。袋、重かったでしょう」

「押し付けがすごいんですよ。どの企業も宣伝に必死ですから」

紙袋に入っていた荷物は、もらったサンプルだったみたいだ。そういえば、試供品のような小さめのサイズの調味料も入っていた。

「椎名くんは食品メーカーでメニュー開発をしているのよ」

「そうなんですね」

にこやかに返しながらも、胃のあたりが重たくなる。

休日に春枝さんと料理をしていると言っていたので、それほど料理が好きな人なのだろう。食に関心がある人の前で食事を残したら、不快に思われるかもしれない。

きちんと食べないと。口の中で何度も咀嚼を繰り返す。けれどだんだんと舌が麻痺をするように味がわからなくなってきてしまう。今、私なにを食べているんだっけ?

「加瀬さんはなんのお仕事をされてるんですか」

「え……」

返答をせずに固まっている私を、椎名さんが訝しげに見てくる。

「ちよこちゃん、話せることだけで大丈夫よ」

春枝さんが気遣ってくれるけれど、私はそれにすらうまく言葉を返せない。

「あ、あの……」

ただの世間話なのはわかっている。深い意味なんてない。

一緒に住んでいたらいずれバレるはずだ。だったら今言ってしまった方がいいのかもしれない。

休職しているんですと、言えば済む話なのに、口に出すのを躊躇う。

私自身が、こんな自分を恥じているからだとこんなときに実感する。うまくかわすことも、自分の状況を伝えることもできない。

どうして私は、こんな人間なのだろう。

『加瀬さんにも問題があるってことを理解しなさい』

『アイツ、愛想はいいけど要領悪いんすよね～』

部長や里見くんの言葉が脳裏を過って、軽く目眩がした。そしてなにかが押し迫ってくる感覚に陥る。箸を置き、手をテーブルについた。

「……っ、ぁ」

息が苦しい。呼吸をちゃんとしないと。

吸って、吐いてを繰り返しても胃の辺りの不快感と、苦しさが消えない。

「ちよこちゃん、大丈夫？」

心配そうに春枝さんが声をかけてくれるけれど、答える余裕がなかった。胃が痙攣を起こしたように上下に動き、そのまま胃液が逆流してきそうになる。

慌てて立ち上がり、小走りで廊下に出てトイレに駆け込む。

「――う、ぁ……っはぁ……」

胃の中身を吐き出して、生理的な涙が目尻に浮かぶ。流れ落ちた涙が頬を濡らしていく。

トイレのドアをノックする音が聞こえて、すぐに私を呼ぶ春枝さんの声がする。

「ちよこちゃん」

「ご、ごめんなさ……ごめんなさい。私……」

「謝らなくていいのよ」

入居したばかりなのに、こんな醜態(しゅうたい)を晒して作ってくれた料理を吐き出してしまった。そのことが申し訳なくてたまらない。

落ち着いてから、口の中をすすいでリビングへ戻る。食事を中断させてしまったようで、春枝さんも椎名さんもまだ食べ終わっていなかった。

「ちよこちゃん、座って」

春枝さんに促されてソファに座る。

「本当にごめんなさい。せっかく作ってくれた料理を……」

私のせいでふたりの食欲も奪ってしまったかもしれない。食事中に吐いてしまうなんて、最低だ。

「いいのよ、でも水分はとっておきましょう。お水にする？　カモミールティーとかもあるけど、なにか飲みたいものがあったら言ってね」

大丈夫ですと答えようとすると春枝さんに微笑まれる。

「遠慮しないで」

「……じゃあ、カモミールティーをお願いしてもいいですか」

「ソファに座って、ゆっくりしていて。椎名くん、ちょっと手伝ってもらっていい？」

少し離れた位置に立っている椎名さんは戸惑いを浮かべた表情で、私を見つめている。

椎名さんが悪いわけではないのに、私が抱えている問題のせいで彼に変に気を遣わせてしまったみたいだ。

春枝さんがこの間のように、ガラスのティーカップにカモミールティーを淹れてくれた。湯気にのったカモミールの香りに、心が安らいでいく。

「ちよこちゃん、はちみつは好き？」

「え……はい。好きです」

「じゃあ、今日のカモミールティーには、はちみつを入れましょう」

はちみつの瓶に木のスプーンをさしこんで、ひと匙すくい上げた。それをとろりと、カモミールティーの中に垂らす。

ゆっくりとかき混ぜて、春枝さんが差し出してくれた。

「召し上がれ」

「ありがとうございます」

温かいカップを両手で持ち上げて、冷ますように息を吹きかける。

ひと口飲むと、カモミールの香りとはちみつの優しい甘さが沁み渡った。

「美味しい」

ここまで甘さを感じたのは久しぶりだった。けれどせっかく味がするのに、素直に喜べない。休職して仕事から離れても、私の心は未だに壊れたままだ。

自分の味覚を確認するように、何度もカモミールティーを飲む。空っぽの胃にじんわりと浸透していくのを感じる。いつになったら私は元に戻れるんだろう。

空になったカップをテーブルに置く。

気分が先ほどよりも落ち着いて、身体がポカポカとしてきた。力が抜けていき、涙がひとりでにこぼれ落ちていく。

「……泣いたりして、ごめんなさい」

面倒だと思われたくない。でも止めようとすればするほど、涙が溢れてしまう。

「謝る必要ないだろ」

そう言って椎名さんがティッシュの箱を私の近くに置いてくれた。

口調は荒っぽくなっているものの、先ほどよりも壁を感じない。てっきり迷惑がられていると思っていたけれど、椎名さんの眼差しには心配の色が見えた。

「でも、」

「泣くことは悪いことじゃない」

悪いことじゃない？　泣いて困らせてしまうのに？

堪えようとした涙が目頭から流れ落ちていった。

「泣きたいときに、なんで泣いちゃいけないいんだよ」

大人になると、泣くのが下手になる。

誰かの前で涙を流すのはみっともない気がして、感情を剝き出しにするのが怖かった。

子どもの頃は嫌いだった愛想笑いがうまくなって、以前は苦くて飲めなかったコーヒーが身体に馴染むほど、私は麻痺していった。

春枝さんが私の隣に座って、背中をとんとんと軽く撫でてくれる。まるで幼い子どもをあやすようで、泣いてもいいよと言ってもらえているみたいだった。

迷惑じゃないだろうか。困らせてしまわないだろうか。

だけどもう、ひとりでは立っていることすら辛くて、誰かに縋りついて思いっきり甘えてしまいたい。

不安を覚えながら隣を見ると、春枝さんは微笑んでくれる。陽だまりのような優しい体温に縋るように、私は春枝さんに身を傾けた。

顔をぐちゃぐちゃに濡らしながら、言葉にならない声を上げる。

大人になってこんなにもたくさんの涙を流したのは、この夜が初めてだった。

二章　和解のミントティー

匂いは記憶に長く残ると聞いたことがある。今になってそれを思い出して、俺は最悪だなと思った。忘れたいはずの出来事が、なかなか消えない。

通勤電車で漂う香水の匂い。百合の花のような香りを嗅いでしまった日の夜は、嫌な夢を見る。

どんなに逃げても黒い影が追いかけてきて、疲れて立ち止まると耳元で囁かれた。

『貴方、ずっと見られてましたよ』

変声機を使ったように低くこもった声が、気味悪く俺の背中を這いずる。

やめてくれ。もう俺のことなんて放っておいてくれ。そう叫びたいのに、喉が痙攣してうまく喋れない。

『どうして』

泣きそうな女性の声が聞こえて恐る恐る振り返ると、彼女の姿があった。俺を責めるような眼差しに息をのむ。ゆっくりと彼女の手が伸びてきて、後ずさった。

むせ返るような百合の香水の匂いに吐き気を感じながら、必死に声を振り絞る。

「やめろ！」

次の瞬間、視界が切り替わり、見慣れた天井が目の前に広がった。

額には汗が滲んでいて、身体が冷たい。またあの夢だった。忘れたいのに、忘れられない。

百合の匂いと彼女の存在。最悪な朝だ。


「おはよう、椎名くん」

部屋を出て階段を下っていくと、春枝さんと鉢合(はちあ)わせした。

「おはようございます。ジョギングですか？」

「ええ、少し行ってくるわね」

春枝さんは朝の六時半から三十分ほど、ジョギングをするのが日課だ。

二階にはフィットネスバイクやダンベルが置いてあるトレーニングルームまであり、料理研究家は案外体力がいる仕事だから、筋力が衰(おとろ)えないようにしているのだそうだ。

「いってらっしゃい」

元気だなと思いながらも、あくびを噛み締めて見送った。

ここで過ごす穏やかな毎日が気に入っている。以前のような不安も消えて、ようやく平穏を取り戻したと思ったけれど、先週シェアハウスに新しい人が入居した。よりにもよって女性かと複雑な気持ちになったものの、俺は文句を言える立場でもない。

出会い方が悪かったのもあって、新しい住人の加瀬さんと俺の間にはどこか気まずさがあった。

それに人の好さそうな笑顔だけど、相手の顔色をうかがって話しているのが、視線や声音から伝わってくる。そこまで人の機嫌や反応を気にしなくていいのに。そんなんじゃ生きづらくないか。

彼女を見ていると、もどかしさと苛立ちが芽生えてくる。他人のことを気にしてしまう加瀬さんには、共同生活なんて気疲れするんじゃないだろうか。

とはいっても、ここ最近俺は仕事が忙しくて、彼女と関わることはほとんどない。

春枝さんがなにかと彼女を気にかけていたけれど、どんな事情があるのかは一切わからないままだった。

入居初日の夜のことは単なる体調不良なのか、それとも別の理由があるのか。

思い返してみると、加瀬さんの様子がおかしくなったのは、仕事のことを聞いてからだ。

もしかしたら俺が余計なことを聞いてしまったのかもしれない。

それに最初に誤解をして嫌な態度をとってしまったので、加瀬さんは俺に対して苦手意識を持っているだろう。

桜並木のところで初めて会ったときに、わざわざ声をかけて落ちた荷物を拾おうとしてくれたし、いい人なんだろうなと思う。

いや、優しい一面を持っている人なんてたくさんいて、内側にとんでもない感情を隠し持っている人だっている。

外側から見える人柄に騙されて苦しめられたくせに、こうしてまたすぐに人に気を許してしまいそうな自分が嫌になる。

「あ……」

洗面所へ行くと、加瀬さんがタオルで顔を拭いているところだった。先にコーヒー用のお湯を沸かしに行くかと考えていると、彼女が振り返って目を見開く。

「お、おはようございます」

ぎこちない反応を見せていたものの、加瀬さんはすぐに笑みを浮かべる。

「……おはよう」

「もう終わったので、使ってください」

彼女が洗面所を出て行くと、俺は壁にもたれかかり深呼吸をする。ふたりきりの空間に息が詰まりそうだった。

ゆらりと視界の隅でなにかが動いた気がした。慌てて視線を向けると、洗面所を出て行ったはずの加瀬さんが戻ってきていて、すぐ近くに立っている。

「っ、うわぁ！」

大袈裟なほどの声を上げて、その場に尻餅をついてしまう。心臓は破裂でもするのではないかというほど、激しく鼓動している。震える手を隠すように、握りしめた。

「え、あの、すみません。驚かせちゃいました？」

俺を見下ろしている加瀬さんは、タオルを握り締めたまま首を傾げる。

「タオルを洗濯カゴに入れるの忘れちゃって、戻ってきたんです」

「……そうなんですか」

「椎名さん、大丈夫ですか？」

「平気なんで放っておいてください！」

加瀬さんはなにも悪くない。ただの八つ当たりだ。でも、どうしようもなく惨めで消えたくなって、ひとりにしてほしかった。

無言で加瀬さんが去っていく。部屋のドアが閉まった音がして、小さく息を漏らした。

こんな自分が情けない。けれど植え付けられた恐怖は、簡単に拭い去ることはできないのだと思い知らされる。


朝食の時間になっても、加瀬さんがリビングへ来ることはなかった。俺の後に朝食をとることが多いけれど、このくらいの時間にはいつも部屋から出てきている。

先ほど八つ当たりしてしまったせいで、来にくいのかもしれない。

「春枝さん、加瀬さんは食べないんですか」

「お米が残っているから、あとでおかゆにして食べるって言ってたわ」

「おかゆって……具合悪いんですか？」

春枝さんは眉を下げて、曖昧に微笑む。

「まだ万全ではないの」

体調が悪い相手に、俺は追い討ちをかけるようなことをしてしまった。あれくらいのことで声を荒らげて突き放したことに自己嫌悪に陥る。

それに加瀬さんはここに住み始めたばかりで、不安なことだってあるはずだ。入居初日の晩飯での様子や、春枝さんが彼女を気にかけていること、そしてこのシェアハウスへ入居したということは俺のようになにかある人なのかもしれない。

「加瀬さんはなにか事情があって、入居したんですよね？」

「私から椎名くんの事情をちよこちゃんに話せないように、ちよこちゃんの事情を勝手に椎名くんには話せないわ」

「……そうですよね」

自分のことばかりで、相手のことを考えていなかった。それに彼女は俺の事情を知るはずもないのに、一方的な感情を投げつけるのはあまりにも理不尽だ。

「加瀬さんに謝罪しないと」

「なにかあったの？」

「……八つ当たりしました」

今朝のことも、桜並木で荷物を拾ってもらったときのことも、きちんと謝罪したい。

――失礼な人。

出会った日に玄関の前で加瀬さんに言われたことを思い出して、苦笑する。彼女の言う通りだ。

「謝ってきます」

春枝さんが困ったような表情で頬に手を当てる。

「今はそっとしておいてあげて」

「でも……」

「ちよこちゃん、胃の調子があまり良くないみたいで、部屋で寝てると思うわ」

俺のせいなのではないかと、血の気が引いていく。本当は今すぐにでも謝罪したいけれど、それは俺が自分の気持ちを軽くしたいだけだ。

「わかりました。仕事から帰ったらにします」

加瀬さんの元に行くのは一旦諦めて、テーブルの上に置いたままだったコーヒーを飲み干す。すっかり冷めきっていて、ほろ苦さと酸味が口内に残った。

普段よりも少し早めに出社して、パソコンのメールをチェックする。昨日は一日取引先の商品説明会に参加していたので、だいぶメールが溜まっていた。

げんなりとしながらも、一通ずつ開封して返信していく。すると、鼻腔を刺激するほんのり甘い花のような匂いが漂ってきた。

「椎名さん」

背後から声をかけてきたのは、WEBサイトの運営を担当している女性社員。この匂いは彼女が纏っている香水だ。

「このメニューのアレルゲンってもう出てますか？」

夏に向けたメニュー資料一覧を広げて見せてくる。内容を確認しながらも、俺はさりげなく口元に手を添える。

「ああ……これ品質管理部が今出してくれてるところ」

背中には汗が滲み、心臓の鼓動が加速していく。

「発売日に合わせてホームページにも記載しておかないといけないので、資料いただきたいです」

「わかった。聞いてみるよ」

できるだけ穏やかな口調を心がけながらも、堪えるように空いた方の手をきつく握りしめる。

「よろしくお願いします」

手短に話を終わらせて、彼女がすぐに去って行ったことに安堵した。

あの人が悪いわけじゃない。ただ、香水の匂いが少し似ているだけで記憶がフラッシュバックしそうになる。

吐く息すら震えそうで、何度も生唾を飲み込んだ。落ち着くために、席を立ってトイレへ逃げ込む。

個室のドアにもたれかかって、ぐったりと項垂（うなだ）れた。

こんなんじゃダメだと自覚しながらも、些細なことから思い出したくもない光景が脳裏を過ってしまう。

普通を押しつけられるのもしんどいけれど、普通になりたいという矛盾（むじゅん）もある。

嫌な記憶を忘れられたら、どれほど楽に生きられるだろう。

なるべく定時に退社したかったものの、昨日の外出が響いて残業になってしまった。時刻は二十時を回っていて、今から帰ると二十一時を過ぎそうだ。

加瀬さんに謝罪したかったけれど、晩飯は別だろうし、今日顔を合わせる機会はないかもしれない。

吉祥寺駅で下車して、北口からカラフルな数字が描かれた小型のバスに乗り込む。幸い席が空いていた。

　疲れ切って窓に身体を傾けながら、鞄から取り出したスマホを確認する。

　姉から甥の誕生日祝いの写真が送られてきていた。姉が軽々と抱き上げることができるほど小さかった甥が、少し見ないうちに大きく成長していて、少年になっている。来年はもう小学校に上がるそうだ。

『お母さんが、心配してたよ』

　なにについてかなんて、聞かなくてもわかる。

　俺の結婚はまだなのか、相手はいないのか。正月に帰ったときも、質問攻めにされた。適当にかわしたけれど、彼女なんているはずもない。

　俺はまともに恋愛すらできないのだから。


　けやきコミュニティセンター前でバスを降りると、桜並木の方へと歩いていく。地面はすり潰された薄茶色の花びらで汚れていた。

　けれど、頭上にはまだ薄紅色の花を綻ばせた桜が風に揺れている。満開の頃よりかは隙間ができて寂しい姿になってしまったものの、凛とした春の風物詩は健在だった。

　ライトアップされた夜桜を眺めていると、前方に見覚えのある人物が目に留まった。

　どこか落ち込んだような表情で、桜を見上げている。声をかけていいものか迷ったものの、このまま無視して通り過ぎるわけにもいかない。

距離があと二メートルくらいになったところで、声をかけようとすると、加瀬さんが振り向いた。

「あ……椎名さん」

今朝のことがあったからか、気まずそうに微笑まれる。

「お仕事、お疲れさまです」

見たところラフな格好で、仕事帰りのようには見えない。手にはビニール袋だけで、鞄もなかった。

「こんな時間に、ここでなにしてたんですか？」

「ちょっとコンビニに行ってました」

「時々不審者も出るんで、危ないですよ」

「……気をつけます」

加瀬さんは目を伏せて、両手でコンビニ袋を握りしめる。まるで叱られた子どものようで、俺の言い方が怒っているようにとられたのかもしれない。

余計な干渉(かんしょう)をして口うるさいと思われたくはない。どう言えば伝わるのかと、言葉を捻り出す。

「怒ってるわけじゃなくて……駅前にある電器店の場所わかります？」

「え？……電器店？」

自分に対して頭を抱えたくなる。なんでもっとうまい言い方ができないんだろう。

話の意図をわかっていない加瀬さんが、目をまん丸に見開いてきょとんとしている。

「あー……えーっと、ひとつくらい防犯グッズを持ち歩いた方がいいと思います」

下手くそな俺の説明で意味を理解してくれたらしく、加瀬さんがくすくすと笑う。

「駅前の電器店に、防犯グッズが売ってるんですね。行ってみます」

仕事で疲れ切っていたせいで頭が回らなかったのか、それとも今朝のことがあって、気まずくて言葉がうまく出てこなかったのかもしれない。

いい歳をして醜態を晒してしまった気がして、羞恥心が湧き上がってきた。けれど、加瀬さんは頬を緩ませているものの、それ以上この話題に触れることはなかった。

どちらからともなく足を踏み出して、家を目指していく。

「そういえば、体調は大丈夫なんですか？　春枝さんから、胃の調子が悪いって聞きましたけど」

「はい。今は平気です」

あまり眠れていないのか、目の下に隈が見えた。一週間経っているとはいえ、新しい環境に慣れないからなのか、それとも別の問題だろうか。

朝、加瀬さんと顔を合わせたくせに、隈の存在に気づけなかった。俺は本当に自分のことばかりだなと呆れてしまう。

「今朝のこと、すみませんでした」

「いえ……私も驚かせちゃいましたし」

そのまま会話が途切れて、無言の時が流れた。桜の花と枝が風に揺れる音を聞きながら、一本、また一本と桜を通過する。

そして、最後の桜の木の前で加瀬さんが立ち止まった。

「椎名さん、これから私が聞くことに答えたくなければ答えなくて大丈夫です」

振り返ると、真剣な眼差しで俺を見つめてくる。

「苦手なものとか、できるだけ触れられたくない話題はなんですか？」

軽い世間話といった口調ではなかった。きっと加瀬さんの中で悩んだ末に出た、俺へ歩み寄る言葉なのかもしれない。

「お互いに傷つかないためにも、最低限のことは知っておきたいなと思ったんです」

俺も彼女がなにに触れられたくないのか、どういう繋がりで春枝さんと知り合ってシェアハウスに入ったのかも知らない。知っているのは名前くらいだ。

なにから説明するべきか、どこまで話していいものなのか。

女性が苦手。適当な距離感で過ごしていきたいなら、それだけでもいいのだと思う。シェアハウスの住人だからといって、詳しい事情まで話す必要もない。

だけど、本当にこのままでいいのかと、自分の生き方に疑問が浮かび上がる。

誰にもわかってもらえないと心の中で嘆いているけれど、わかってもらおうとする努力すらしていなかった。これからも受けた傷を引きずって膝を抱えるようにして、怯えながら生きていくのだろうか。

不安げな表情の加瀬さんに、意を決して口を開く。

「じゃあ、改めて自己紹介させてください。椎名史人、年齢は二十七です」

急な自己紹介にも動じずに、加瀬さんは表情を緩めた。

「私のふたつ上なんですね。あ、敬語、使わなくても大丈夫です」

「それなら、遠慮なく」

できるだけ笑みを見せながら、落ち着いて話していく。けれど内心、心臓の音が五月蝿(うるさ)いくらいに全身に響いている。

「仕事は食品メーカーのメニュー開発室でフード担当。趣味は料理で、最近はハーブを使った料理に興味があって勉強中。あと苦手なのは……」

吐く息が、震えた。

「――苦手なのは、歳の近い女性」

冗談でも、話すのが苦手でもない。身体が拒絶してしまうほど苦手、なのだ。

「そういう理由だったんですね」

多少驚いている様子だったけれど、加瀬さんの中で今朝の出来事と結びついたらしく、納得したようだった。

「伝えてなくてごめん。今朝のことも加瀬さんはなにも悪くない。全部俺の問題なんだ」

自分の中のトラウマを誰かに話すのは抵抗がある。加瀬さんに詳細を話すか話さないか、その線引きは今もまだ迷いがあった。

なかなか続きを話さないので察したのか、俺の顔色をうかがうように視線を上げる。

「聞かない方がいいことですか。それとも私が聞いても大丈夫ですか」

事情を無理に聞き出そうとはせず、俺の意思を尊重してくれている。

まだ自分の中で消化しきれていない感情ばかりで、言語化するのが難しい。心が乱されない程度に、言えるところまでを伝えることはできるだろうか。

「……ストーカー被害に遭(あ)ってたんだ」

喉を絞められたように声が掠れた。けれど、加瀬さんは聞き取れたらしく、息をのんだのがわかった。

「相手は二十代くらいの女性で、同じマンションの上の階に住んでいて……」

向けられた笑顔が忘れられない。親切なふりをして近づいてきた裏側には、気味が悪いほどの自己中心的な好意。

「家を出るタイミングがよく被っていて、最初は偶然だと思ってた」

俺が家を出る時間を把握していたのだろう。そう考えるだけで、肌が粟立つ。

「初めて話しかけられたのは、郵便物が紛れ込んでいたって言って……部屋まで届けにきたときで、その時は気さくな人って印象だったんだ」

彼女が偶然を装った数々の行動を考えると、それすらも本当か怪しい。

「一度話して以来、会うと軽く声をかけられるようになった」

『こんにちは、今日暑いですね』『夕方は雨降るらしいですよ』『その袋、駅前のパン屋さんですよね。私も好きなんです』

たわいのない会話を一言二言して、別れる。彼女の恐ろしい執着に、俺はなかなか気づけなかった。

『どうして開けてくれないんですか』

彼女の表情や言葉、されたことが一気に頭に流れ込んでくる。

俺の家のインターフォンを押して、ドアを叩くあの音が、今も耳の奥にこびりついて消えない。

『私、なにかしちゃいましたか？』

——やめろ、これ以上近づかないでくれ！

「椎名さん」

俺を呼ぶ声に、意識を引き戻される。視線を加瀬さんに移すと、どこか焦ったような表情だった。

「大丈夫ですか？」

「え？」

「うまく言えないんですけど……様子が変わったので」

そう言われて、初めて自覚する。具体的になにをされたのかまだ話してもいないのに記憶に飲み込まれかけていたのか、自分の手が震えていたことにすら気づけなかった。

「無理に話さなくても大丈夫です。今朝の理由もちゃんと理解しました」

「……ごめん、取り乱して」

「いえ……話せるところまでで大丈夫です」

加瀬さんに気を遣わせてしまって、申し訳なくなってくる。だけど俺自身、ずっと触れずに記憶の箱の中に隠し続けていると、いつまでも消化できずに残ってしまう気がした。

「もう少しだけ、聞いてくれる？」

俺の頼みに、加瀬さんは頷いてくれる。

「ストーカーだってわかる前に、違和感は覚えてたんだ。注文した荷物が配達完了ってなってるのに受け取っていなくて、後日ドアの前に置いてあったことが何度かあって、段ボール箱に開けられたような形跡があった」

「それもその人が？」

「うん。俺がネット通販で頼んだジョギング用の服とまるっきし同じ格好してて、偶然ですねって言われたこともあったし……それ以外にも今思うと荷物開けられて見られてたんだなってことが色々ある」

他にも、お取り寄せグルメを注文したら、後日声をかけられたときに「最近美味しいの見つけたんですけど、ここのやつ知ってます？」と言われたことがあった。俺と気が合うと見せたかったのだと思う。

「だけど、宅配の人が荷物を他人に渡すなんて……」

「何度か続いたとき、流石に宅配業者に連絡した。そしたら奥様に渡しましたって言われたんだ。隣は夫婦で住んでるし、自分の家の荷物と間違えたんだろうってくらいにしか思ってなかったんだけど……」

「隣の人に確認はしたんですか？」

「帰宅してから、隣を訪ねて聞いてみたんだ。そしたらその夫婦は不思議そうにしていて。お宅の奥様が受け取っているの見ましたよ。って言われた」

宅配業者が言っていた通り、俺の妻と名乗る人物が本当に存在していたのかと、そのときは混乱した。

「結婚していないことを話して、どんな人が俺の妻を名乗っていたのかって聞いたけど、二十代くらいの女性で、時々マンションで見かけるって言われたんだ」

俺の反応を見た夫婦は顔を見合わせた後、更に衝撃的なことを口にした。

「昨日、鍵を失くしてしまったからって、その女性が鍵屋さんを呼んでましたよって」

「え、まさか勝手に合鍵作られたってことですか？」

「……そう。まだそのときは、いまいち自分の身に起こっていることだとは思えなくって、正直半信半疑だったんだ」

近所付き合いをしていなかったから、隣人がどういう人かもわからない。本当のことを言っているのか疑わしく思ってしまった。

実はこの人が荷物を勝手に受け取って開封して、俺の家の前に置いているんじゃないか。正体不明な俺の妻を名乗る人物がどこかにいるよりも、この人が嫌がらせをしている方がまだマシだとまで思ってしまった。それくらい俺にとっては、現実味のないことだったのだ。

「鍵を変えようって思って、管理会社に連絡したけど、そんな証拠もない話で鍵を変えることはできないって断られて許可が下りなかったんだ」

「そんな……なにかあってからじゃ取り返しがつかないのに」

「俺もそれは伝えたんだけど、実際に部屋に入られた形跡はあるのかって聞かれて。特になにか変なこともなかったし、盗聴器とか監視カメラがないか調べたけど見当たらなかったんだ。話が平行線で、結局取り換えられなかった」

隣人の嘘じゃないか。彼女とトラブルでもあったのか。迷惑そうに色々と問われて、疲弊して、むしろ俺の被害妄想(ひがいもうそう)なのではないかとまで疑われてしまった。

勝手に許可なく変えるわけにもいかず、仕事から帰るたびに誰かが侵入していないか、ドアに仕掛けをして、誰も入っていないと確信が持てるまで落ち着かなかった。

「でも、あるときよく知らない相手に突然〝大丈夫ですか？〟って聞かれたんだ」

同じマンションに住んでいる男性だということは知っているけれど、話したこともなく、どんな人かもわからない。

相手は俺の様子から理由がわかっていないと察したらしい。辺りを見回してから、俺に耳打ちしてきた。

「付き纏われてますよね？って言われて、俺の勘違いなんかじゃなかったんだってほっとした。でも同時に恐怖も湧き上がってきたけど」

「どうしてその人、知っていたんですか？」

「その人はストーカーの女性と同じ階に住んでいるらしくて、郵便物を確認して、中に戻しているのを見て不審に思ってたらしい。それでよく考えたら、自分たちのひとつ下の段の郵便受けを開けてたって気づいて、その後、注意して見ていたら俺に付き纏ってることがわかったんだって」

――貴方、ずっと見られてましたよ。

背筋が凍りそうなほどぞっとした。

「彼女が俺の前によく現れていたのは、全て後をつけて、行動を把握していたからだったたって知って、気味が悪かった。それに俺の階でエレベーターを降りたこともあったらしくって……その話を聞いて、誰が犯人なのかわかったんだ」

今までの小さな違和感が、ストーカーという言葉で繋がって、偶然ではなかったという現実を突きつけられる。それは俺の精神を大きく揺らすほどの衝撃だった。

「それから俺は通勤や帰る時間をズラすようになって、その人と会わないようにしてた。でも……一週間が経った頃、部屋まで訪ねてきたんだ」

同じマンションなので、オートロックがあっても意味がない。彼女は俺の部屋のドアの前で、保存容器らしきものを抱えて立っていた。

『最近見かけないので、具合が悪いのかなって思って。あのよければ、私が作ったおかずなんですけど、いかがですか？』

人の好さそうな顔をして、勝手に合鍵まで作って、俺をストーキングしている。その事実を知ってから、彼女に嫌悪感を抱き始めた。

「インターフォン越しに持ってきたおかずを受け取るのを断って、そのときは帰ってくれたけど、今度はまた通勤の時間が被るようになって、俺が出るタイミングを監視していたみたいだった」

「それって声もかけてくるんですか？」

「うん。挨拶されて、体調どうですかとか、駅前にできたご飯屋に今度行きませんかとか、ストーカーしてることなんて気づかれてないと思ってたんじゃないかな」

　それが俺は更に気味悪く思えて、素っ気ない対応をするようになった。すると、泣きそうな表情で『どうして？』と問われた。

　急に冷たくする理由がわからないと、涙目で訴えてくる。自分の行いを自覚していないのだと感じ、血の気が引いていく。この人にはなにを言っても伝わらない気がした。

　それから何度も部屋を訪ねてこられた。

「インターフォン越しに、私なにかしましたかとか、悪いところがあったなら言ってくださいって泣きながら何度も言われた。居留守を使っても、泣きながら話すから、管理会社に痴話喧嘩で女性が締め出されていて可哀想だって苦情がいったらしくって」

「痴話喧嘩って……管理会社の方には本当のこと伝えたんですか？」

「伝えた。だけど、女性がストーカー？って半笑いされた。前回の鍵の件も、どうせ痴情のもつれだろうって思われたらしくって、まともな対応をしてくれなかった」

　会わないようにしても、インターフォン越しの声と、彼女がつけていた百合の匂いがする香水が記憶に残って、何度もフラッシュバックした。

　そして、仕事から帰ると部屋に残り香を感じることが時々あった。

　洗濯物が畳まれていることや、食器が洗われていることもあり、まるで見えない相手と共同生活をしているような薄気味悪い感覚。

　インターフォンが鳴っていないのに鳴っている気がしたり、電車の中であの香りがする気がして恐怖のあまり俯いてしまう。

「証拠を得るために監視カメラとかは置かなかったんですか？」

「監視カメラをつけたけど、すぐに見つかって壊されてたんだ。その人だっていう決定的な証拠も映ってなかった」

　スマホから映像が見えるものにしたものの、相手は顔が見えないようにしていて、同じマンションの人だという証拠にもならない。買い直しても壊されて、そのまま持ち去られてしまう。

　家に帰っても気が休まらず、外に出ても彼女に見つかるかもしれない。

　どうすればいいのかわからず、俺は途方に暮れていた。

「春枝さんにシェアハウスに来ないかって誘われたとき、〝戦いましょう〟って言われたんだ」

「……戦う？」

「ストーカーされていると言っても、その人だって証拠がなくて、警察には注意と巡回くらいしかできないって言われたんだ。春枝さんにそれを話したら、警察が対処してくれないのなら、この場所から逃げるための戦いをしましょうって」

「春枝さん、カッコイイですね」

「うん。俺にとっては救世主みたいな人」

引っ越すことは視野に入れていたけれど、怖くて動けなかった。ひとりで動き出す勇気さえも削られて、見張られているかもしれないと怯えて、心が衰弱していった。

そんな俺に春枝さんは、それならこっちも彼女の活動時間を調べちゃいましょう！と言ってきたのだ。

変てこな帽子を被って、ちょっと笑ってしまうような変装をして調べてくれた。

それによって、相手のルーティーンを把握できた。俺は仕事を休めるときは有給を使い、難しいときは春枝さんに代わりに家にいてもらって、合鍵を使って部屋に侵入されそうな時間帯は、ドアのロックをかけた。そして、彼女がいないときに段ボールを部屋に運び、勘づかれないように引っ越しの準備をした。

準備を終えると、春枝さんの知り合いの人たちに頼んで、荷物を運び出してもらい、相手に知られることなく無事にシェアハウスに入居できたのだ。

「あれから一年経つけど、電車も変わったし、一度もあの人に会ってない」

俺がいなくなったことに気づいて、彼女がどうなったのかはわからない。調べ上げて追ってくることもあるかと思ったけれど、さすがに諦めたのだろう。

「今でも思い出すと取り乱すことがあるんだ。ごめん、こんな話聞かせて」

呼吸を整えるように深く息を吸って、冷静さを取り戻していく。あの人のことを話すだけで、まだこんなにも感情がかき乱される。

「思い出すと苦しくなること、私もあるので少し気持ちがわかる気がします」

加瀬さんの長い髪が、夜風に波を打つように靡いた。

踏み込んで聞いていいものなのかと言葉を探す。彼女にとっての思い出したくない記憶と、シェアハウスに越してきたことは関係があるのだろうか。

「私、休職してるんです」

苦い笑みを浮かべた加瀬さんが、目を伏せる。

だから俺が職業を聞いたとき、様子がおかしかったのか。今更ながら、無神経なことを聞いてしまったことに後悔した。

「仕事を押しつけられて、それを引き受けてたら上司に叱られて、同期には『愛想はいいけど要領が悪い広報室の叱られ係でサンドバッグ』って言われてたんです」

「……酷いな」

「世間話をするみたいに貶されているのを聞いて、思い悩んでいる自分が馬鹿みたいで……積み重ねてきた日々はなんだったんだろうって」

人に仕事を押しつけたり、ストレスの捌け口として扱おうとする人間はどうしても一定数いる。俺の職場でも前にそういう人物が問題になったことがある。

新入社員に対して退勤の打刻を打たせてから残業をさせたり、自分の確認ミスなのに公然の場で怒鳴りつけることが何度もあったそうだ。

その新入社員は入社して半年ほどで休職し、そこで事実が明らかになった。

それまで事情を知っていた人たちも巻き込まれたくないと口を噤んでいたらしい。

噂話はすぐに広まるのに、自分に飛び火の可能性があるとみんな見て見ぬふりをする。あのとき、真実を知っている人が声を上げたら、なにかが変わっていたかもしれないのに。

「食事をとることすら面倒で、ひと月くらい栄養補給ゼリーとか、コーヒーとかお菓子で済ませていたんですよね」

「それは身体に悪そうだな」

俺もひとり暮らしのときは、不摂生をしてしまうこともあったけれど、ひと月も食事を疎かにしてしまったら、さすがに体調に影響が出てしまいそうだ。

「ですよね。いつのまにか、味をあんまり感じなくなっちゃいました」

「え……味がわからないってこと？」

「全く味がしないってわけじゃないんですけど、薄く感じるんです。ソースとか試しに舐めてみたんですけど、水で薄めたみたいな味でした」

職場で辛い思いをしていたのに味覚にまで異常が出てしまうなんて、自分だったら食べることすら嫌になりそうだ。

ふと加瀬さんが入居してきた夜以外、一緒に食事をとっていないことを思い出した。俺は最近仕事が立て込んでいて、夜はひとりで食べているものの、朝は俺が食べ終わった後に加瀬さんがダイニングへ来る。

「もしかして加瀬さん、シェアハウスに来てからも、あんまり食事をとってない？」

「……食が細くなっちゃって、少ししか食べられないっていうのもあるんですけど、食べるたびに、今日も治らなかったって思うと気が滅入るんです」

生きていく上で食べることは必要で、味覚をあまり感じなくなっても避けることはできない。無理矢理に胃に詰め込むのは作業のようで、加瀬さんにとって食べることは苦痛になってしまっているのかもしれない。

「それに料理を作ってくれる春枝さんに本当に申し訳なくって……」

「春枝さんはその事情を知ってる？」

「入居前に話しました。あ、でもハーブティーの味は、他の料理よりも感じるんです」

だから入居した日、食事中に体調を崩した加瀬さんに、春枝さんはカモミールティーを飲むかと聞いたのか。

「頑張っているつもりだったんです。だけど周りから見たら、きっと私は空回りしていたんだと思います」

加瀬さんの職場の事情はわからない。でもこれだけは言える。

「ああすればよかったとか、もっとこうだったらよかったのにって、考えちゃうかもしれないけど、あまり自分を責めない方がいいよ」

心のバランスを崩すと、些細なことで自分のことが嫌になって、もしものことを考えては落ち込んでしまう。事情は違うけれど、俺も同じだった。

「加瀬さんは頑張ったんだよ。それでもどうしてもうまくいかないこともあるし、時には休息が必要なことだってある」

「……私……っ、ごめんなさい」

透明な雫が彼女の輪郭をなぞっていく。はらり、はらりと散っていく桜のように落ちては、弾けるように消えていった。

「す、すぐ泣き止むので！」

両手で顔を隠すと、加瀬さんは目元を擦るように涙を拭った。

「泣いていいよ」

「だって私、この間も椎名さんたちの前で泣いて……大人なのに」

「泣くことに年齢なんて関係ないだろ。泣きたいときに泣けない方がしんどいよ」

過去の自分を慰めているような妙な感覚になる。俺は泣きたいときに泣けなかった。

ストーカーをされて精神的に追い込まれて、夜もなかなか眠れなくなったとき、泣きたくてたまらなかった。

あの頃の俺にとっては自分の部屋すら心が休まる場所ではない。もしかしたら知らぬ間に盗聴器や監視カメラをつけられているかもしれないと思い、泣いている姿を絶対に知られたくなくて、家ですら弱さを曝け出せなかったのだ。

「あの、椎名さんと春枝さんってどうやって知り合ったんですか？」

涙を拭いながら、空気を切り変えるように加瀬さんが話題を振ってくる。

「仕事関係の人に紹介されて、一時期料理を教わってたんだ」

春枝さんとの出会いは、いつもメニュー表を撮影してくれているカメラマンさん経由だった。俺が料理に興味があると話したら、知り合いが料理教室をしていてハーブを取り扱っているから、一度参加してみたらどうかと誘われたのだ。

楽しみにしていたものの平日のため仕事の都合がつかず、教室には参加できなかった。けれど春枝さんは、わざわざ休日を使って、個人的に俺に料理を教えると言ってくれた。それから時々料理を教わるようになり、親しくなっていった。

「お互いに興味があるレストランやカフェの市場調査に行く友人って感じかな」

「なんだかそういう関係、いいですね」

加瀬さんは、赤くなった目元を柔らかく細める。

「そうだね。春枝さんとの繋がりがあってよかったよ」

ストーカーの事件があってからは、休日に外出することも減ってしまった。

でも春枝さんは引きこもり始めた俺の異変にすぐに気づいて、会おうと言ってくれた。窶れた俺の顔を見て、衝撃を受けていた顔が今でも忘れられない。あのときの俺は警察もどうにもしてくれなくて投げやりな気持ちになっていて、酷い有様だったと思う。

「加瀬さんはどういう繋がり？」

「前に友達が春枝さんのアシスタントをやっていて、私の事情を知って春枝さんのシェアハウスを紹介してくれたんです」

春枝さんの前のアシスタントの話は少しだけ聞いたことがある。明るくて世話焼きな子だと春枝さんが言っていた。

「春枝さんが言っていたんです。このシェアハウスは疲れた人たちが休む場所だって。それで入居を決めました」

「……そっか」

俺も加瀬さんも、あの子も、心が疲弊していて、憩いの場を求めていた。

傷の形はそれぞれ違っていて、一度刻まれてしまった記憶は簡単には消えない。癒えたように思えても、なにかの拍子に思い出しては振り出しに戻ってしまう。

それを春枝さんはわかっているからこそ、無理に立ち直らせるようなことはせず、優しく見守って、俺らの帰りをいつも待ってくれている。

「なんだか早く帰りたくなってきました」

「俺も」

あの温かい笑顔で「おかえり」と言ってもらいたい。それだけで一日の疲れが消える気がした。それからたわいのない会話をしながら、俺と加瀬さんは家路を歩いた。


玄関のドアを開けると、リビングから出てきた春枝さんが出迎えてくれる。

「おかえりなさい。あら……ふたり一緒だったのね」

俺たちの表情を見てなにかを悟ったのか、春枝さんが嬉しそうに微笑んだ。

「ご飯の準備してくるわね。遅くまで仕事でお腹空いたでしょう。……ちよこちゃんはどうする？」

加瀬さんもまだ食事をとっていなかったらしい。

「私は……」

迷っているのか、その先の言葉が出ない。

味をあまり感じないことや、食べきれないかもしれないことが不安なのだろう。それに料理を作ってくれている春枝さんに対しても申し訳ないと言っていた。

「食べきれなかったら、俺が食べるよ。お腹空いてるし」

俺に視線を移した加瀬さんは、泣きそうな表情で口角を上げる。

「ありがとうございます」

温かい眼差しで見守ってくれていた春枝さんが踵（きびす）を返したところで、俺はあることに気づいた。

まだ大事なことを言っていなかった。

「春枝さん、ただいま」

振り返った春枝さんは、目をまん丸にしてから顔を綻ばせる。

「っ、ただいま！」

かなり上擦（うわず）った声が玄関に響く。加瀬さんは慌てて両手で口を覆った。

「すみません、うるさくって」

その光景に、俺と春枝さんは顔を見合わせて笑った。照れくさそうにしながらも、加瀬さんもつられて笑い出す。

この夜、お互いの痛みを知ったことによって、分厚い壁は消えていったように感じた。

俺のせいで出会いは最悪なものになってしまったけれど、シェアハウスの住人として、これからいい関係を築いていけるだろうか。

春枝さんには休んでもらい、食事の片付けは俺と加瀬さんですることにした。食器を全て洗い終えたところで、加瀬さんが眉を下げて「ごめんなさい」と口にする。

「ほとんど食べてもらっちゃって……」

「いいよ。それにほとんどじゃないよ。ポトフは完食できてたじゃん」

あまり食べられない加瀬さんのために、春枝さんがローズマリーで風味づけをしたポトフを作ってくれた。

やっぱりまだ味覚は治っていないものの、人参の甘みやブロックベーコンの塩味などは以前よりも感じたみたいだった。けれど、今の加瀬さんには量が多かったようで、グラタンは半分ほど残していた。

「食事量は徐々に増やしていければいいと思う」

無理に胃に入れても、受け付けずに気分が悪くなってしまうかもしれない。精神面にも影響するだろうし、こういうのは頑張りすぎない方がいい。

「それよりも少しずつ味覚が戻ってきてるならよかった」

「……ベーコンを食べたとき、美味しいって思ったんです。ご飯でそういう気持ちになったのは久しぶりでした」

味覚が完治したら、加瀬さんの心の負担も今よりも減るだろうか。

そういえば、カモミールティーの味は他のものよりもわかったと言っていたので、別のハーブティーの味もわかるかもしれない。

「加瀬さん、ミントって苦手じゃない？」

「はい。大丈夫です」

「そっか、なら作ってみようかな」

清涼感が強いので、できれば朝や昼の眠たいときに飲んでほしいけれど、まだ眠る時間でもないし大丈夫だろう。

それに胃にいいハーブだし、さっぱりとするので気分転換に最適だ。

電気ケトルでお湯を沸かして、ダイニングテーブルの近くにある棚の扉を開けた。ここには、俺と春枝さんでコレクションした様々なハーブを仕舞っている。

ドライミントが入った小瓶を見つけて、ガラスのティーポットを取り出す。

「なにを作るんですか？」

「ミントティー。飲んだことはある？」

「いえ、私そういうのあんまり詳しくなくって、今初めて聞きました」

ティーポットにドライミントを小匙二杯ほど入れて、熱湯を注ぐ。湯気とともに鼻の奥をスッと駆け抜ける香りが立ち上った。

「いい匂い」

湯気に顔を近づけた加瀬さんが深く息を吸い込んだのがわかった。

「生のミントは水に入れてミント水にしてもさっぱりしていて美味しいし、炭酸に冷凍フルーツとミントを入れて混ぜるだけでも、お手軽にジュースが作れるからおすすめだよ」

「冷凍フルーツ入れるのいいですね！」

「凍っているから、氷の代わりにもなるよ」

夏は特にミントは重宝する。ミントティーに氷を入れて、アイスで飲んでも爽やかで美味しい。

新鮮なミントを使うのが一番だけど、傷んでしまうため二、三日で使いきれないこともある。そのためお茶用として、ペパーミントを乾燥させて、いつでも飲めるようにこうして瓶に保管しているのだ。

三分ほど蒸らしてから、ガラスのティーカップに注いでいくと、淡い黄色が揺らめく。

「はい、どうぞ」

「ありがとうございます」

加瀬さんはミントティーの香りを楽しむと、冷ますように軽く息を吹きかけてからカップに口をつける。

「……飲みやすい」

ぽつりと呟くように言うと、気に入ったのかもうひと口飲んだ。

「ミントの味って、思ったよりもきつくなくて驚きました。爽やかな口当たりですね」

ひと口飲むと、すっきりとした味が広がる。ミント特有の清涼感に凝り固まった肩の疲れが消えていく気がした。カモミールティーとはまた違った美味しさだ。

「興味のあるハーブがあったら、好きに淹れていいよ」

「ありがとうございます。でも、私全然ハーブとかわからなくって」

「ミントティーが大丈夫なら、ここにレモングラスを組み合わせてもいいと思う。あとはちょっと癖があるけど、ローズマリーも美味しいよ」

一つひとつ味も香りも異なるので、気分や自分の体調などに合わせて淹れたり、自分でブレンドしてみるのも楽しい。ここに住み始めてから春枝さんのおかげで俺もすっかりハーブティーにハマってしまった。

「風呂に入れるのも、リラックスできておすすめ」

「え、ハーブティーをお風呂に入れるんですか？」

加瀬さんの見開かれた目は小動物のようにくりっとしていて、本気で驚いていることがわかり、思わず笑ってしまう。

「ハーブティーを入れるわけじゃなくて、ティーバッグの中に好きなハーブを入れて、湯船に漬けるんだ」

「わあ、なんだかお洒落ですね！」

「あ、じゃあ今夜風呂に入れてみる？」

先ほど使ったミントの出がらしが活用できそうだ。

「いいんですか？」

「うん、俺も久々にハーブ風呂入りたくなったし」

棚から取り出したドライレモングラスと、ミントの出がらしをティーバッグの中に詰めていく。そしてそれを木製の小皿に載せて、加瀬さんへ手渡した。

「ここの片付けは全部やっておくから、先に風呂行ってきていいよ」

小皿を受け取った加瀬さんはおもちゃを与えられた子どものように目を輝かせていた。余程ハーブ風呂に興味を持ったのだろう。すすめた甲斐があるなと、口角が上がる。

「ありがとうございます、行ってきます！」

リビングを出て行く加瀬さんの後ろ姿は、足取りが軽そうだった。綺麗に飲み干してくれた空のティーカップと、ティーポットを持ってキッチンへ向かう。

シンクに並べて、スポンジを手に取ったところで、リビングへ春枝さんがやってきた。筋トレを終えた後なのか、首にはフェイスタオルを掛けている。

「片付けありがとう」

「いつも美味しい料理作ってもらってるんで、これくらい任せてください」

「椎名くんだって、いつも庭のお手入れや家の掃除をしてくれてるじゃない」

俺にとっては恩人の春枝さんの手伝いをするのは当然で、しかも庭の手入れは好きでやっている。

ストーカーに怯えて、趣味の料理すら手につかなくなった俺に、もう一度料理のおもしろさを教えてくれて、さらには植物を育てる楽しさも教えてくれた。

「たまにはサボってもいいのよ？」

軽い口調で話しながらも、俺を気遣ってくれているのを感じる。

――自分を追い込むほど、真面目でいなくていいのよ。

この家に来たとき、春枝さんに言われたことがある。

春枝さんに救われたことに感謝して、なにか役に立たないといけないと力が入りすぎていた俺を見かねてだったのだと思う。

「ほどよく、サボります」

「ふふ、そうね。それがいいわ」

この人が怒ったり機嫌が悪くなったところを見たことがない。

だけどあの子は、〝昔は違ったみたい〟と言っていた。真相はわからないけれど、春枝さんにも事情があるのは、一年このシェアハウスにいたらわかる。

この家に、誰も帰省してこない。春枝さんも、もしかしたら俺らが知らないなにかを抱えているのかもしれない。

「仲直りはできた？」

俺が洗っているティーカップに春枝さんが視線を移す。

「……できたと思います。とはいっても、俺が一方的に悪かったんで、事情を話して許してもらったというか」

「そう、よかったわ」

安堵したように微笑むと、俺の横を通過していく。

冷蔵庫を開ける気配がして、ペットボトルのキャップを捻る音がした。グラスへ流れ落ちていく水音を聞きながら、別の話題が頭に浮かぶ。

「飯、食べたんですか」

誰のことを言っているのか、名前を出さなくても伝わるはずだ。

少し間を置いてから、春枝さんが答える。

「あとでポトフを食べるって言ってたわ」

彼女の言う〝あとで〟は、みんなが寝静まった時間帯なのだろう。元々部屋からあまり出てこなかったけれど、知らない人が入居して更に引きこもっている。

海の底に沈んだような暗い瞳で、彼女は今も蹲っているのだろうか。

三章　朝焼けのラベンダーティー

カーテンの隙間から溢れる陽の光で目が覚めると、いつも心が塞いで陰鬱としていた。身体は重く、ため息ばかりが漏れて、顔を洗うことも食べ物を胃の中に詰め込むことも億劫だった。

けれどシェアハウスに越してきてからは、朝起きるという行為に抵抗がない。

ここが私の居場所になって、約ひと月。桜の花は全て散り、今では陽の光をたっぷりと浴びた青々とした葉が眩しい、新緑の季節へと姿を変えた。

快適な暮らしではあるものの、最近気になることがある。

明け方に誰かが外に出て行く音がするのだ。スマホを確認するといつも時刻は五時頃。春枝さんがジョギングをしているのは知っているけれど、それにしても早すぎる。

朝食のときに春枝さんに聞いてみると、目をまん丸にして首を傾げた。

「明け方に、誰かが外に出てる?」

二階で寝ている春枝さんには音が聞こえないらしく、心当たりがないみたいだ。

「椎名くんもそんなに早く出ることはないだろうし、柚ちゃんかしら」

初めて聞く名前だったけれど、すぐに予想がつく。

「私の隣の部屋の人ですか？」

「ええ、岸野柚紀ちゃん。ごめんなさいね。まだ挨拶もしていなくって」

「いえ……私は大丈夫です」

そういえば以前、春枝さんがその人のことを人見知りと言っていた。

お味噌汁をお椀によそい、春枝さんの分と椎名さんの分、そして私の分をテーブルに並べる。私は特に朝は食欲が湧かないため、白米と煮物は春枝さんたちの分だけ。

「じゃあ、食べましょうか」

顔を洗い終えた椎名さんがリビングへやってきて、私たちはそれぞれの席につく。私がここに来てから、一度も全ての席が埋まったことがない。

「いただきます」

湯気を放つお椀からはお味噌汁のいい匂いが漂う。ひと口飲むと、まだ完全ではないものの味噌の味が仄かにした。

「柚ちゃんのことなんだけど、毎日出かけてるの？」

「多分毎日ではないんですけど、週の半分くらいは早朝から出てると思います」

「時々朝からお風呂場の床が濡れてると思ってたけど、帰ってきてからお風呂に入ってるのかしら……」

私と春枝さんの会話を聞いた椎名さんが首を傾げる。

「柚紀ちゃんがどうかしたんですか?」

「明け方くらいに外に出ているみたいなの」

「え……誰かに会いに行ってるんですかね。危険なことに巻き込まれるかもしれませんし、ちゃんと注意しておかないと」

明け方なので、外は真っ暗というわけではない。危険というほどのことなのかは、少々疑問だった。春枝さんがちらりと私を見ると、控えめに微笑む。

「柚ちゃんは私の妹の娘なの」

「そうだったんですね」

「まだ中学生だから、明け方に外に出るなんて心配だわ」

「え、中学生なんですか!?」

てっきり大人が住んでいると思っていた。椎名さんが心配していた理由がようやくわかって納得する。

「妹と私は少し歳が離れているの。それにしてもなんて言うべきかしら。あまりうるさく言うと、余計に閉じこもってしまいそうなのよね」

彼女もおそらくなにか事情があってこのシェアハウスにいるのだろう。学校に行っている様子もなく、ご飯のときも部屋から出てこない。それほど心を閉ざす出来事が中学生の彼女に起こったということだ。

　大人でも子どもでも、変わらずに悩みはあって、そこに大きさの違いなんてない。顔も見たことのない少女のことが気にかかる。

「でもこのまま放っておくわけにもいかないし……話せそうなタイミングで、事情を聞いてみるわ」

　春枝さん自身もどうするべきなのか迷っているように見えた。


　その日の夜、私は寝ずにベッドの上でそのときが来るのを待っていた。夜が明けて五時頃になると、隣の部屋から物音が聞こえ始める。今日は出かける日のようだ。

　眠たい目を擦りながら、厚手のフーディーを着て準備をする。

　玄関の鍵が開いて、ドアが閉まる音がした。私は慌てて部屋を出て、玄関へ向かう。適当にサンダルを履いて外に出ると、夜明けの冷たく澄んだ空気が頬から耳にかけてすっと横切っていく。それと同時にハーブの芳しい香りが鼻腔をくすぐった。

　陽が昇り始めたばかりの静寂を纏った朝。紺色の空に太陽の光が滲んでいて、ほんのりとピンクに色づいて見える。こんな時間に自分が外にいるなんて妙な感じだ。

できるだけ足音を立てないように慎重に歩きながら、十メートル以上先を歩いている少女を見つめる。あの子が、おそらく〝柚紀ちゃん〟だ。

髪色は黒で、肩にかかるほどの長さ。だぼっとしたスウェットを着ているけれど、肩幅から小柄なのがわかる。それとひとつだけ目を疑うような異質さがあった。

靴を履いていない。裸足のまま、アスファルトの上を歩いている。

彼女の後を追っていくと、住宅街を抜けて車の通りがある道までたどり着いた。すると成蹊前(せいけいまえ)歩道橋の階段を上り始める。そのまま渡るのかと思いきや、真ん中辺りで止まって、ポケットからスマホを取り出した。横にして、いろんな角度に動かしている。

離れた位置にいても、カシャッとスマホ特有のシャッター音が耳に届いた。

柚紀ちゃんは、早朝に朝焼けの写真を撮りに来ているのだろうか。話しかけるにしても第一声はどうするべきか、そもそも話しかけたら嫌がられないかなど、頭の中で考えがぐるぐると回って、五分ほど立ち尽くす。

彼女の事情を私は知らない。迂闊(うかつ)に声をかけることによって、余計に心を閉ざすことになってしまうことだってある。

ひとまずは今朝のことを春枝さんに話してみよう。

辺りを見回すとひと気もなく、この時間帯は車の通りもほとんどない。外も明るくなってきたので、危険もなさそうだ。

柚紀ちゃんの姿をもう一度確認してから、私は来た道を引き返した。

シェアハウスに戻って、タオルを二枚用意した。一枚は冷めてしまうかもしれないけれどお湯で濡らして、もう一枚は乾いたタオル。

彼女が使ってくれるかはわからないけれど、素足で歩いていた柚紀ちゃんが家に入りやすいように、玄関に並べておいた。

そのまま自分の部屋へ入って着替えると、冷えた身体を温めるようにベッドで眠りについた。

椎名さんが出社する頃に目覚めた私がリビングへ行くと、春枝さんが朝食の準備をして待ってくれていた。

「すみません！　寝坊しちゃって！」

「急がなくて大丈夫よ」

すぐに洗面所へ行って、洗顔に歯磨きをして自分の身を整えると、食卓に着く。

「胃の調子はどう？」

「昨日よりは平気そうです。お味噌汁いただいてもいいですか」

「ええ、よかったわ。今日はなめこのお味噌汁よ」

炊き込みご飯やほうれん草のお浸しを用意している春枝さんの隣で、私は味噌汁をふたり分お椀によそった。

ダイニングテーブルに向かい合わせて座り、「いただきます」と手を合わせる。

お味噌汁からはいい匂いがして、空腹が刺激された。もしかしたら今日は味覚が戻っているかもしれない。そんな期待を抱いてひと口飲んでみるけれど、薄味に感じて落胆する。いつになったら私は、元に戻れるんだろう。

テーブルの上に置いてある炊き込みご飯のおにぎりが目に留まる。きっと柚紀ちゃんの分だ。

「春枝さん、私……今朝柚紀ちゃんの後を追いかけたんです」

「え？」

「五時くらいに物音が聞こえて、家を出たのがわかったので、そのまま気づかれないようについていきました」

春枝さんに早朝の出来事を話す。靴を履かないまま外に出ていること、朝焼けの写真を撮っていたこと。

「……そうだったのね」

柚紀ちゃんが危険なことをしにいっているわけではないと知った春枝さんは、ほっと胸を撫で下ろした。

「ちよこちゃん、ついていってくれてありがとう。柚ちゃん写真を撮るのが好きだったから、それで人が少ない時間に外に出ているのかもしれないわ」

「柚紀ちゃんに声をかけない方がいいですか？」

春枝さんはお箸を置くと、考え込むように口を閉ざす。

一緒に住んでいるとはいえ、他人で、一度も顔を合わせたことがない。年齢だって離れている。彼女の事情を春枝さんは話さないはず。だけどそれでも椎名さんのときのように触れてはいけないラインを知っておきたい。

「前に人見知りって言ったけど、元々は活発な子だったの。でも今では人を避けるようになっちゃって……柚ちゃんがちよこちゃんにどんな反応をするかわからないのよね」

柚紀ちゃんの心配もしているけれど、私が彼女の態度で傷つくかもしれないということも気にしてくれているみたいだ。

学校へ行かずに、家も出ている。聞かなくても原因は学校と家にある気がした。なるべく触れないようにした方がいいのは、そのふたつだろうか。

「でも朝お風呂場が濡れている理由がようやくわかったわ」

「あ……柚紀ちゃんが足を洗っていたってことですね」

「ええ。それに廊下も拭いた跡が見えることがあったから、掃除までしていたのね。柚ちゃんらしいわ」

春枝さんが目尻にシワを刻みながら微笑む。きっと彼女は真面目なのだろう。だからこそなにかを思い詰めているのかもしれない。

横断歩道橋に立っていた柚紀ちゃんの顔は、はっきりとは見えなかったけれど憂いを帯びているように感じた。

食べ終わると春枝さんはお皿を洗い始める。私も早く食べなくちゃと思ってお箸を動かす。けれど小石でもつっかえているかのようにお味噌汁の具が喉を通らない。

「ゆっくりで大丈夫よ」

察してくれたのか春枝さんが優しく声をかけてくれる。

「はい。……すみません」

焦らず、ゆっくりと咀嚼して飲み込んでいく。最近よくなってきたと思っていたけれど、まだ〝普通〟には戻らない。

時間をかけて、ようやく完食できて安堵する。だけど、食べきることができたとはいえお味噌汁だけで、一人前よりもずっと少ない量だ。

食べられる量を増やしていかないと、自分の身体がどんどんダメになっていく気がする。

「ごちそうさまでした」

空になった食器をキッチンへ持っていくと、春枝さんは心配そうに私を見つめる。

「大丈夫？　無理はしてない？」

「はい。……いつもすみません。残してしまうことが多くって」

「ちよこちゃん、食べられる分だけ口にすればいいの。自分を追い込む必要はないわ」

「でも……」

食べ物を無駄にするのは贅沢なこと。だから苦手なものでも、全部ちゃんと食べなさい。苦手なものがあったり食べきれないとき、幼い頃から決まってお母さんに叱られた。

記憶に根深く残っていて、食べ物を残すということに罪悪感がある。

「残さず食べるのは大切なことだけど、今はちよこちゃんの心と身体が回復していくのが一番大事よ」

私の心と身体は、きっとどちらもヒビが入ったように壊れかけていて、どちらにも栄養が足りていないように感じる。

「どうしたら戻れるんですかね」

思わず溢してしまった私の弱音に、春枝さんは「一緒に治していきましょう」と寄り添う言葉をかけてくれる。ひとりじゃないと言ってもらえた気がして、縋りついて甘えたくなってしまう。

「ちよこちゃん、食後にラベンダーアールグレイはどうかしら」

「いただきます」

春枝さんが淹れてくれた紅茶は、気品漂う優雅なラベンダーの香りがした。記憶の中のアールグレイとはまた違って、特別感があって心が凪いで穏やかな気分になっていく。

「いい香りですね」

「アールグレイはベルガモットの香りがついているけど、ラベンダーとも相性がいいの。ここにミルクを入れても、まろやかで優しい飲み口になるからおすすめよ」

紅茶の味があまりわからなくても、香りのおかげでリラックスできる。カモミールやミントの香りも好きだったけれど、ラベンダーは少し強めの香りで気分を切り替えたいときに合う気がした。

香りを嗅いで、ふうっと息を吐くと、それを見た春枝さんが和やかな顔で笑う。

「ラベンダーは、緊張を和らげてくれて胃の痛みに効くと言われているのよ」

そういえば、前にカモミールティーを淹れてくれたとき、冷えや不眠にいいって教えてくれた。ハーブによって、それぞれ効能は異なるはず。

「椎名さんが前にミントティーを淹れてくれたことがあるんですけど、どんな効能なんですか？」

「ミントは眠気覚ましにも効くけど、その他だと胃の働きを良くしてくれるって言われているから、胃腸が不調のときにいいハーブね」

今まで効能なんて意識したことはなかったけれど、春枝さんも椎名さんも私の身体のことを考えてハーブを選んでくれていたのかもしれない。

もっと早くに知っていたら、休職する前からコーヒーの代わりにハーブティーを飲んでいたのに。あの頃は眠気覚ましのためだけに、カフェインを摂取していた。多い日は五杯以上飲んでいたほどで、かなり不健康な食生活だ。

「ハーブって、一つひとつ違っていておもしろいですね」

「ちよこちゃん、興味があればハーブの本でも読む？　図鑑みたいな感じで読むと楽しいわよ」

「お借りしたいです！」

朝食の片付けが終わると、すぐに春枝さんが部屋からハーブの本を持ってきてくれた。ハードカバーの分厚い本で、たくさんのハーブについての説明が書かれている。

写真付きなのでわかりやすくて、お茶として飲む以外にも、入浴剤、アロマ、オイルトリートメント、フェイスパックやハーブビネガーにする方法なども載っていた。

そして私が普段食べたり目にしていたものなども、実はハーブの仲間だったとわかり、目を丸くする。

クランベリーは膀胱炎(ぼうこうえん)などの予防に効果があると言われ、ハイビスカスは疲労回復を早める働きがあるそう。

ハーブって色んな活用法があるんだ。新しい知識を得るのが楽しくて、自然とページを捲る手が動く。寝不足だったことを忘れて読み耽っていると、いつのまにかお昼になっていた。

充実した時間を過ごせて、気分が満たされていく。今度本屋さんに行って他のハーブの本も買ってみよう。休職してからなにかに熱中するのはこれが初めてのことだった。

時刻はもうすぐ一時になろうとしていて、両腕を高く伸ばす。

そろそろお昼ご飯を食べないと。リビングに、春枝さんがお昼に食べてと言ってくれていた、サンドイッチがある。私用に少量で作ってくれたので、きっと食べきれるはずだ。

部屋のドアを開けると、かさりとなにかが擦れる音がした。

足元を見やると、白い紙が落ちている。レシートかと思ったけれど、ノートの切れ端みたいだ。拾い上げて、書いてある文字に目を通す。

【タオル、ありがとう】

かわいらしい丸文字で、誰からなのかすぐにわかった。柚紀ちゃんだ。

玄関に置いておいたタオルが誰からなのか、気づいたらしい。

彼女と初めて関わることができて、心の奥に蝋燭(ろうそく)の火が灯ったように温かな気持ちになった。


その日の夜、春枝さんに借りた本を返すと、こんなに早く読み終わるとは思わなかったようで驚かれた。

「すごくおもしろくて、あっという間でした！」

「そう。よかったわ。そうだ！　ちよこちゃんもハーブティー作ってみない？」

「ハーブティーを淹れるってことですか？」

「オリジナルのブレンドを作るってこと。家にたくさんハーブがあるから、どうかしら」

そういえば読んだ本にも、体調や悩みに合わせたおすすめのハーブティーレシピというのが載っていて、それには何種類かのハーブが混ざっていた。

「作ってみたいです！」

「まずはどのハーブにするか決めましょう！」

手を叩いて、春枝さんが目をキラキラとさせる。いつも落ち着いている春枝さんの無邪気な一面を見て、私は頬が緩んだ。

「ちよこちゃん、来て来て！」

春枝さんに手招きされてリビングの戸棚の前まで行くと、ずらりと並んだ瓶の中身を説明してくれる。

棚は全部で四段あり、ガラス瓶に白いシールが貼られていて名前が書いてあった。ボールペンと筆ペンで書かれていて、字体が異なる。おそらくは春枝さんと椎名さんが書いたものだろう。

「これはローズマリーで、その隣がレモングラス。あ、これはリンデンよ」

「お庭で作ったハーブもこうやって乾燥させたりするんですか？」

「そうね。基本的に庭のはフレッシュなうちに料理やお茶とかに使ってしまうことが多いんだけど。ドライハーブは、買ってきたものがほとんどだわ」

単体のハーブもあれば、ブレンドされているのもある。今朝淹れてもらったラベンダーアールグレイと書いてある瓶が目に留まった。

「これ、すごく美味しかったです」

「柚ちゃんのお気に入りなの。この家に来たとき、初めて美味しいって言ってくれたあの子のお気に入りのお茶でね。……後で持っていこうかしら」

春枝さんは懐かしむように話しながら、瓶に手を伸ばす。

柚紀ちゃんのことを気にかけているのが伝わってくる。まるで繊細なガラス細工を扱うように、慎重に様子を見ているようだった。

思春期の揺れやすい心は、誰かの発言や態度で粉々に砕けてしまうことだってある。だからこそ、春枝さんはあまり積極的に声をかけられないのかもしれない。

「柚紀ちゃんはいつからシェアハウスにいるんですか」

「去年の九月からよ」

春枝さんは、それ以上は詳しく話さなかった。だけどなんとなく察することはできる。

夏休みが明けてから、学校へ行けなくなったということだろう。柚紀ちゃんは学校でなにかがあったのかもしれない。

学校へ行けなくなった柚紀ちゃんと、会社に行けなくなった私。学生と社会人で立場は違うけれど、それでも自分と重ねてしまう。

「春枝さん、お願いがあります」

翌日の明け方。私は微かな物音で目が覚めた。柚紀ちゃんがひとりでまた外に出て行ったみたいだ。

私はすぐに着替えると、リビングへ向かう。電気ケトルでお湯を沸かして、棚から小瓶を取り出す。春枝さんに使わせてほしいとお願いしたラベンダーアールグレイを大匙二杯、ティーポットに入れた。

沸いたお湯を注ぐと、ラベンダーの芳香が漂ってくる。一分ほど蒸らしてから借りた水筒の中に注いで、私はトートバッグの中に仕舞った。

玄関で靴を履くときに、素足で歩く柚紀ちゃんの姿を思い出した。

周囲には小石や枝、お菓子の袋などのゴミが落ちていたため、足の裏を怪我することや滑って転ぶことがあるかもしれない。

念のためサンダルとウェットティッシュを持っていくことにした。

外に出ると、明け方の冷たい空気が眠気を吸い取っていく。

私が向かったところで特別なことができるわけじゃない。それでも柚紀ちゃんの横顔が忘れられなくて、少しでいいから話をしてみたかった。

昨日の場所へ着くと、柚紀ちゃんがいた。スマホを持って横断歩道橋の上で、空の写真を撮っているようだ。階段を上り、彼女に近づいていく。今日も靴を履いていない。

私が声をかけるよりも先に、柚紀ちゃんが振り向いた。

目尻が少しつり上がった奥二重で、小ぶりな鼻は寒さからか鼻頭がほんの少し赤くなっている。細身だけれど、彼女の頬はふっくらと丸みを帯びていて幼さを感じた。

「新しく来たシェアハウスの人、だよね」

まさか私のことを知っているとは思わず、たじろいでしまう。

「あ……そうです。加瀬ちよこです」

口角が下がり、むっとしているようだった柚紀ちゃんの唇が警戒するように開かれる。

「昨日も私の後つけてたでしょ」

「え！」

「足音でバレバレだった」

どうしてタオルを置いたのが私だとわかったのかと思ったけれど、ついてきていることに気づいていたからだったんだ。

「気を悪くさせたのなら、ごめんね！　ただちょっと気になっちゃって……」

「シェアハウスに暮らしてるからって、声をかけなくていいよ」

はっきりと拒絶する発言に怯（ひる）みそうになる。だけど眼差しは寂しげだった。

「私は透明人間だから」

　彼女がどんな気持ちで、どんな意味を持って透明人間という言葉を使っているのかはわからない。でもなにかに必死に耐えていて、すぐにでも崩れ落ちてしまいそうな危うさを感じる。

「透明人間じゃないよ。だって目に見えているし、触れられる」

　すると、柚紀ちゃんが僅かに口角を上げた。

「椎名さんと同じこと言ってる」

　柚紀ちゃんのことを知りたいと思うのは、休職前の自分を重ねてしまっているのかもしれない。けれど迂闊に踏み込んで彼女の心を荒らしてしまえば、取り返しのつかないことになる。これ以上はやめた方がいいのかもと思ったときだった。

　ため息交じりに柚紀ちゃんが呟く。

「……透明人間じゃなくてもいいから、忘れてもらえたらいいのに」

　切実に願っているように聞こえた。

「どうして、そう思うの？」

「人の記憶から消えたい」

　なにかを後悔したときや、逃げたいことがあったとき、私もそう思うことがあった。死にたいとかそういうのとは違う。

私と関わった人たちの記憶から消えてしまえたら楽なのに。だけどそんなこと叶うわけもなかった。

「変なこと言ってごめんなさい。私のことは構わなくていいから」

突き放そうとするけれど、口調はそれほど強くない。彼女が本心から言っているのかわからなかった。

視線を下げると、柚紀ちゃんの足先は赤くなっていた。冷えたのかそれとも素足で歩いて足が痛むのかもしれない。サンダルを彼女のすぐそばに置く。

「足、怪我しちゃうよ。だからせめてこれだけでも」

「靴、嫌いだから履きたくない」

怯えたように声が微かに震えていた。表情も強張っていて、顔色が悪い。ただ単に履きたくないというだけで、〝嫌い〟の根本には別の理由があるようだった。

「どうして嫌いなの？」

「……学校に、行かなくちゃいけないから」

「え？」

「靴履いて、学校に行かないとって……っ思ってたから、だから……それ思い出すの嫌で履くの怖くって」

言葉を詰まらせながら話している柚紀ちゃんの目には、薄らと涙の膜ができていた。慌てて私は彼女の背中を手でさする。

「話したくなければ話さなくて大丈夫だよ。聞いちゃってごめんね」

首を横に振った柚紀ちゃんは、こぼれ落ちた涙を服の袖で拭った。

――元々は活発な子だったの。でも今では人を避けるようになっちゃって。

春枝さんが言っていたことが脳裏を過る。靴が履けなくなるほど、追い込まれることがあったのかもしれない。

「温かいお茶でも飲もっか」

トートバッグから水筒を取り出して、蓋に注いでいく。ほかほかとした湯気が漂うと柚紀ちゃんが目を瞬かせた。

「その匂い、ラベンダーのやつ……？」

「うん。春枝さんに茶葉をちょっとだけもらったんだ。よかったら、どうぞ」

おずおずと柚紀ちゃんは、お茶の入った蓋に手を伸ばす。そして冷ますように息を吹きかけてから、ひと口飲んだ。

「……美味しい」

柚紀ちゃんの表情が緩む。春枝さんが言っていた通り、彼女の好きなお茶のようだ。飲みきると、「ありがとう」と言って私に蓋を返した。

「大人になっても、悩みって消えない？」

突然の質問に私は、正直に答えていいものか少し迷う。中学生の彼女に私の本音を打ち明けたら、僅かな希望すら打ち砕かれてしまうかもしれない。

柚紀ちゃんに真っ直ぐな眼差しを向けられて、唇を結ぶ。誤魔化したら見透かされる気がした。

「消えない、かな。きっと学生の頃とは違う悩みができると思う」

柚紀ちゃんは視線を下げて、「そっかぁ」と苦笑した。

学校を卒業して、社会に出たり結婚して環境が変わったとしても、人間関係の悩みが一切なくなるわけではない。私みたいに人間関係で躓(つまず)くこともあるはずだ。

「私ね、会社休職してるんだ」

「え……そうなの？」

目を見開いた柚紀ちゃんは、かなり驚いているようだった。日中も家にいるので勘づいていると思ったけれど、そうではなかったみたいだ。

「会社の人たちとうまくやれなかったの」

――要領が悪い。広報室のサンドバッグ。

自分では一生懸命のつもりだったけれど、空回ってしまっていた。けれどもう一度やり直すにしても、どうすればいいのか今の私には答えが出ない。真面目に仕事をこなしていても、それだけではうまくいかない。

「……私も、学校行けてない。友達とうまくいかなかった、というか……私が我慢できなくって」

柚紀ちゃんは、たどたどしい口調で話し始める。

「中一の四月にクラスの女の子が……〝幽霊役〟をやらされてて」

「幽霊役？」

「いない人として扱われたり、だけど急にわざとらしく怯えて〝幽霊がいる！〟っておもしろおかしく騒がれるの。……多分、ゲーム感覚だったんだと思う」

無視されたかと思えば、そこにいるだけで指をさされて騒がれてしまう。そんなのやっている本人たちが楽しんでいるだけで、いじめと同じだ。

「その子がひとりで泣いている姿を見たとき、我慢できなくなった。こういうのよくないって言ったけど、笑いながら遊びじゃんって返されて本気で聞いてくれなかったんだ」

いじめをしている子たちに言っても効果がなかったため、柚紀ちゃんは担任の先生に相談に行ったらしい。

「先生が注意してくれて、収まったんだけど、今度は私が幽霊役になっちゃったんだ」

一見いじめが消えたように見えても、ただターゲットが変更されただけ。

担任の先生がいないときに幽霊扱いされたようで、誰かが告げ口をしなければ、大人にも伝わらない状況だったそうだ。

「私がいるのにわざと〝いないからいいよね〟って言って、うざいとか目の前で悪口言われて、それが五月から夏休み前までずっと続いて……九月になったとき、学校に行けなくなって……」

長い夏休みは、きっと柚紀ちゃんにとっては教室から抜け出せた救いのような日々だったのだろう。けれど九月からはまた幽霊役をやらされる学校へ行かなければならない。

「靴を履こうと思ったの。でも……っ、足を通すのが怖かった。だって履いたら、またあの場所に行かなくちゃいけない。……いっそのこと、いない人としてずっと扱ってくれたらよかったのに」

だからさっき、透明人間って言っていたのだろうか。

幽霊役なんてやらされて、おもしろおかしく扱われるくらいなら、人の記憶から消えてしまいたいと願うほど、追い込まれて、今も柚紀ちゃんは苦しみ続けている。

「周りに合わせて注意をしなかったら、こんなことにならなかったのかな。でも……あのまま見て見ぬフリをしてたら私、自分のことが許せなくなったと思う」

いじめられている子を救おうとした柚紀ちゃんの行動は決して間違っていたわけではない。止めに入ってくれた先生も間違っているわけじゃない。

でも正しさが必ずしも平和をもたらすとは限らない。柚紀ちゃんの勇気が、周りにはよくない方向に捉（とら）えられてしまった。

「声を上げることは間違いじゃないよ。ただ、それが伝わらない人もいる。柚紀ちゃんが相手にした人たちは、そういう人たちだったんだよ」

大人になると話が伝わらない人を相手にするのは、時間の無駄だと思えるようになってくる。だけど中学生の柚紀ちゃんにとって世界の中心は学校だ。

時間の無駄だからと割り切って、クラスの子たちを相手にしないくらいの精神力を保つのは難しい。

「……うん。私がなにを言っても、ヘラヘラ笑って全然聞いてくれなかった。……あんなことしてなにが楽しいんだろう」

「相手の子たちは、柚紀ちゃんが注意する理由を理解できないんだよ。柚紀ちゃんから見ていじめでも、その子たちにとっては〝遊び〟だから」

柚紀ちゃんの問題に完璧な解決法なんて、きっとない。

親や教師が注意しても、いじめをする子たち全員が反省して〝これから先はみんなで仲良くします〟なんて綺麗な世界にはならない。

それでも口を閉ざすのではなく、大人に知らせるのであれば、こっそりと先生に告げて、誰が言いつけたのか知られないようにするとか、そううまく立ち回ることくらいしか思い浮かばない。

そのくらい相手や状況を変えるのは難しい。

「本当くだらない。……くだらないって思うのに、私……自分がされたら苦しくって、小学生の頃から仲良かった子にも幽霊扱いされて、夏休みに入ってもそのときのことが頭から離れなかった」

きっとクラスの子たちの中にも、同調していじめているだけの子もいるはず。

自分を守るために、周りの色に染まっていた子たちを私は学生の頃から何度も見てきた。

……私もその中のひとりだ。声を上げるのが怖くて、当たり障りのないことを口にして、自分にとっての平和を守ることに必死だった。

流されたくないと行動した柚紀ちゃんのような子は、ほんの一握りしかいなかったように思える。

「学校に行けなくなったとき、お父さんにどうして普通のことができないんだって言われたの」

「クラスで起こってることは話したの？」

「話したけど……みんな辛いことがあっても我慢してるんだから、ちょっと友達と喧嘩したくらいで休むなって。お父さんにとっては、私の学校の悩みなんて馬鹿馬鹿しかったんだろうな」

なにに喜んで、なにに傷つくかはそれぞれ違っている。それは当然のことなのに自分の中の物差しで考えてしまうことがある。

学校という狭い空間の中で、爪弾（つまはじ）きに遭ってしまえば、敵だらけに感じて恐ろしくて足が竦んでしまう子だって多いはずだ。

「柚紀ちゃんの状況とは違うけど、私も中学の頃に友達と喧嘩したとき、朝起きるのが憂鬱だった。誰かひとりでも敵ができると心細くなって、他の人たちからも嫌われてるんじゃないかとか、考えちゃうことあったな」

あの頃、遠巻きに数人でこそこそ話しているのを見たとき、自分の居場所がなくなったような孤独感と絶望が押し寄せてきた。

私のことを言っている確証なんてないのに、たったひとりと気まずくなっただけで、みんなに言いふらされているような感覚になってしまった。

それだけでも精神的に辛かったのに、柚紀ちゃんのようにクラスの人たちから幽霊扱いされて、目の前で悪口を言われる日々を数ヶ月過ごして、平然としていられる人なんているのだろうか。

「誰だって心が弱くなっちゃうときってあるから、柚紀ちゃんの悩みは馬鹿馬鹿しくなんてないよ」

私の悩みだって誰かにとっては小さなことなのかもしれない。だけどスーツを着たくないと思うほど、あのときは追い詰められていた。

「大人になっても後悔ってする？」

「するよ、たくさん」

「そっか。……そうだよね」

もっと会社でうまく立ち回ることができたらよかった。そう思うこともあるけれど、その自分がいたから今ここにいることができる。

「でもね、後悔もあったけど、このシェアハウスに入居できてよかったって今は思うよ」

「いいな」と柚紀ちゃんが消えそうな声で呟く。目を伏せた横顔は、今にも消えてしまいそうな儚(はかな)さがあった。

「ちよこさんみたく強くなりたい」

「私、全然強くないよ」

里見くんや部長とうまくやれなかったからって、休職するなんてと周りからは呆れられているはずだ。だけどあのまま無理に出社していたら、今以上に心が壊れてしまっていた。

「私から見たら、ちよこさんは大人で、カッコよく見える」

「そんなこと初めて言われたよ」

「学校だって自分で行かないって決めたんじゃなくて、行けなくなっただけだし。シェアハウスに来たのだって、春枝伯母さんが誘ってくれたから。私はちよこさんみたく自分でなんにも選べてない気がする」

柚紀ちゃんには、休職したのも、シェアハウスに引っ越してきたのも、私が自分の意思で選択したように思えているらしい。だけど実際はそうじゃない。

「私も会社に行かないんじゃなくて、行けなくなったの。それにシェアハウスも春枝さんの言葉があったから住むことを決めたんだ」

自ら行動してというより、人事部の気遣いとか、実咲の提案、春枝さんの優しさによって今の私がいる。

「だから全然カッコよくないの」

それでもこんな自分に対する嫌悪感は、以前よりも減ってきたように感じる。

「シェアハウスに入居できてよかったって言ったのはね、ここでの暮らしが想像していたよりも、ずっと快適で穏やかだからなんだ」

「……それは私も同じかも。家にいたときよりも、気持ちは楽になった」

その理由は、きっと春枝さんがいてくれるから。

〝おかえり〟や〝ただいま〟など些細な日常の言葉を大事に使う人で、包み込んでくれるような温かさがある。だけど決して、干渉しすぎず、相手を尊重してくれる。

「あと私の場合、前よりもちゃんとした暮らしができてるって感じがするんだよね」

「ちゃんとした暮らし？」

「ひとり暮らしのときは、食事とかなにもかも適当だったんだ」

シェアハウスに来て、以前の私がどれだけ自分の生活を疎かにしていたのかを実感した。

食事を適当に済ませていて、睡眠も休日にまとめてとる。お風呂も面倒だからシャワーだけ。常に頭の中は仕事のことばかりで、心が休まるときがなかった。

だけどここに住んでからは、誰かと共に生活するからこそ規則正しい生活ができるようになったのだ。

「ひとり暮らしのままだったら、多分私はもっとボロボロになっていた気がするんだよね。だから今の居場所ができてよかった」

「……私も今があってよかったって、いつか思えるようになれたらいいな」

まだほんの少し薄暗い吉祥寺の街を、朝日が染めあげていく。ラベンダーのような紫からピンクのグラデーションが空にかかっていた。

車もほとんど通らず、閑散としているこの場所は、私と柚紀ちゃんだけの時が動いているような不思議な空間。

「もう一口、飲んでもいい？」

水筒のラベンダーアールグレイを蓋に注ぐ。ほかほかとした湯気から、安らぐ香りがした。

「はい、どうぞ」

「ありがと」

隣にいる柚紀ちゃんから洟をすする音がする。ハーブティーを飲みながら、彼女は涙を流していた。

透明な雫は、ぽろぽろと止めどなくこぼれ落ちて、柚紀ちゃんの素足の上で弾ける。

「私もね、どうやって歩いたらいいのかわからないんだ。休職して、このままじゃダメだって思うけど、この先が見えないの。真(ま)っ暗闇(くらやみ)をふらふらとしながら歩いてる気分」

泣いて目元が赤くなっている柚紀ちゃんがくしゃりと顔を歪ませた。

「私たち、似てるね」

年齢も環境も異なるけれど、私たちは小さな世界で苦しんで、そこから弾かれるように逃げ出して、どこへ進んだらいいのかと迷子になっている。

それから私と柚紀ちゃんは、お互いを支えるように手を繋いで家路を歩いた。

まだ柚紀ちゃんはサンダルを履くことはできなかったけれど、最初よりも表情は柔らかくなっているように思えた。


ふたりでシェアハウスへと帰ると、春枝さんと椎名さんが玄関で出迎えてくれた。おそらく春枝さんが昨日の話を聞いて、察してくれたのだろう。

「おかえり、柚ちゃん、ちよこちゃん」

柚紀ちゃんは戸惑った表情を見せながらも、小さな声で「ただいま」と返す。

その光景を見て、私はほんのちょっとだけ泣きそうになった。

この先の未来が今はまだ見えなくても、私たちには帰る場所があって、ひとりじゃないと思わせてくれる。

「これで足拭きな」

濡らしたタオルを椎名さんが床に敷くと、柚紀ちゃんがその上に足を乗せる。

「身体、冷えたでしょう？　足湯でもどうかしら」

「足湯、ですか？」

「ええ、お風呂のお湯を少し溜めておいたの」

私と柚紀ちゃんは、そのまま春枝さんに促されるようにお風呂場へと通された。

ドアを開けた先には、膝下くらいまでお湯が溜まった浴槽。ガーゼに包まれたなにかがぷかぷかと浮いている。この香りは、おそらくラベンダーだ。

「お茶はここに置いておくわね」

浴槽の蓋の上にティーカップがふたつ並べられる。私が水筒に入れたラベンダーアールグレイを、春枝さんが注いでくれたみたいだ。

「それじゃあ、ゆっくり温まってね」

春枝さんがお風呂場から出て行くと、柚紀ちゃんと顔を見合わせる。

「入ろっか」

私の言葉に柚紀ちゃんが頷き、ふたりでゆっくりと足先を浴槽に入れる。じんわりとした温かさが浸透していく。

「あったまるね〜」

「……うん。それにいい匂い」

私たちは、そのまま浴槽のへりに座った。

「柚紀ちゃん」

足を動かすたびに、ちゃぷちゃぷと水面が揺れる。

「靴を履いても、行き先は自由だよ。柚紀ちゃんが行きたい場所へ足を進めればいいし、靴は柚紀ちゃんを守ってくれるよ」

学校に行きたくなくて靴を履けなくなった柚紀ちゃんのことを思うと、強制的に履かせるべきではない。だけどこのままでは、いつか行きたい場所にすら行けなくなってしまうかもしれない。

「無理して辛い場所に行く必要なんてないし、この先どうするのかは柚紀ちゃん自身が選べばいいんだと思う」

「……うん」

「って、私にも言えることなんだけど」

柚紀ちゃんに、このまま逃げてもいいなんて、無責任なことは言えない。

そして私自身も、逃げたままでいたくはない。復帰するのか、退職して別の仕事を探すのか、逃げ続けてなんとなく生きるのではなくて、私自身でこの先の選択をしたい。

「学校へ行く以外の選択肢って、あるのかな……」

「フリースクールとか、別室登校とかもあるんじゃないかな」

「……私、またいつか教室に登校しないといけないんだって思ってた。でも、そっか。そういうのもあるんだ」

この先、進学するにしても様々な選択肢があるはずだ。

柚紀ちゃんひとりで抱え切れるものではないだろうし、まだ中学生の彼女にとって気軽に相談できる友達のような存在になれたら、思い詰めることも減るのだろうか。

「柚紀ちゃんさえよかったら、一緒に考えよう」

「え……」

「それで、私の相談にも乗ってくれたら嬉しいな」

ふっと柚紀ちゃんが噴き出す。「大人なのに、変なの」と笑われてしまったけれど、年齢の壁なんてどこかへいってしまえばいい。

悩みを抱えた私たちだからこそ、わかり合えることもきっとある。

「これからよろしく。……ちよこちゃん」

照れ隠しをするように、お湯に足をバタバタとさせて水しぶきを飛ばしている柚紀ちゃんは、顔に赤みがさしている。

彼女なりの歩み寄りに、私は頬が緩む。呼び方が変わるだけで、私たちの距離が縮まったような気がした。

それから、私は味覚のこと、柚紀ちゃんは料理が苦手だということ。そういったことを話しているうちに、私たちの足の裏の皮膚はふやけていった。

傷がすぐに癒えることはないけれど、いつか柚紀ちゃんが靴を履いて好きな場所へ行くことができるようにと、柚紀ちゃんの笑顔を見ながら心の中で密かに願った。

四章　ひだまりのローズヒップ

朝が嫌いだった。学校に行かなければならないから。

だけど今は、その当たり前の日常から私ははみ出している。

朝日が完全に昇る前に玄関へ行く。スニーカーに手を伸ばしたけれど、足を通すことができない。

……履きたくない。怖い。

そんな感情が心を支配していく。やっぱり今日も無理みたいだ。

深いため息を漏らして、素足のまま外に出た。ひんやりとした石畳の上を歩いていると、生きてるって心地がする。

灰色のアスファルトまでたどり着いて一歩踏み出す。ここからは少しだけ温かい。

私は靴を履く〝普通〟のことができない。

最初はただ憂鬱なだけだった。あの教室に行くことは、牢獄(ろうごく)の中に放り投げられるようなもの。クラスメイトたちはわざと無視したり、急に幽霊がいると怯えたり、コソコソと私の陰口を言う。

『岸野っていい子ぶってない？』

きっかけはひとりの女の子の一言。

クラスの子に幽霊役をやらせていることを、私が先生に言いつけたことが気に食わないようで、私を見る目に嫌悪が混ざるようになった。

そしてその数日後、〝岸野柚紀は幽霊〟とクラス内に広まっていた。

私と仲良くしていた子たちは気まずそうに、そして申し訳なさそうにしながら、遠巻きに見ている。

ただ無視されるだけでも辛いけれど、私が横切ったタイミングで、いきなり思い出したように『うわ、今悪寒がした！』と叫んだり、スマホで勝手に私を撮って、心霊写真だとおもしろおかしく笑われた。

そんな日々が一週間続いたとき、私は声を上げた。

『やめて』

たった一言発すると、教室が静まり返る。

ひとりの子が『今なんか聞こえなかった？』とふざけたように言うと、周囲の子たちは声を揃えて『私も聞こえた！』とまるで怪奇現象に直面したかのように騒ぎ始めた。見え透いた演技がやけに奇妙で、恐怖を覚えた。

この人たちに、私の言葉は届かない。

必死に泣くのを堪えた。泣いたらまた笑い者にされる。弱っているところなんて見られたくない。だけどこのまま走って逃げ出してしまいたい。そんなことをする勇気すらなくって、耐えるしかなかった。

そうして私は、この日から教室で声を上げることができなくなった。

担任に一度注意されたからか、クラスの子たちは先生たちがいる前では私を幽霊扱いしない。

親しげにされるわけでもなく、無関心を貫いている。その方が私には救いだったけれど、休み時間になると不定期に始まる幽霊ごっこ。

私が立ち上がろうとすると、数名がドアの前でわざと話し始めて、出られないようにする。〝幽霊〟なので、退いてもくれない。

先生に言ったことによって、ターゲットが変わったことを思うと、彼女たちはなにも反省していない。今度は私がいじめられていると訴えたら、更に裏で悪化しそうな気がして、職員室へ足が向かなかった。

そして前の幽霊役だった子は、私と目すら合わせない。きっと私に関われば、自分も幽霊に逆戻りだとわかっているのだと思う。

学校の中で私の居場所はなくなり、毎朝起きるのが億劫になっていった。

ため息ばかりが漏れて、朝食もあまり喉を通らない。お母さんに早く食べちゃいなさいと叱られながら、パンをお茶で飲み込む。

玄関でスニーカーを履こうとして、ぐらりと床が揺れた気がした。

しゃがみこんで、胸元を押さえる。ゆっくりと呼吸をしてから、微かに震える手をスニーカーに伸ばした。

学校、行かないと。だけどまた私は幽霊扱いされる。

……嫌だ。行きたくない。このまま家にいることができたらいいのに。

『柚紀？　どうしたの？』

なかなか家を出ない私を不思議に思ったのか、お母さんが玄関までやってきた。振り返ると、怪訝（けげん）な顔をしている。

『具合でも悪いの？』

『……うん、ちょっと』

『え！　熱？　それとも頭かお腹痛いの？』

心配してくれているのだとは思う。けれど、それよりも呆れて困惑するような感情の方が強そうに見える。

『熱とかじゃ』

『お母さん、今日パートあるから休めないわよ？』

私が答えるよりも先に言われて、突き放された気がした。私が過敏に反応しているだけかもしれない。でも我儘かもしれないけれど、〝なにがあったの〟と聞いてほしかった。

『……大丈夫。そこまで痛くないから』

お腹が痛いフリをして、腹部をさすりながら私は立ち上がる。『本当に大丈夫なの？』と聞かれたけれど、私は頷くだけで精一杯だった。

涙がこぼれ落ちないように眉間の辺りに力を入れて、唇をきつく結ぶ。

無理矢理スニーカーを履いて、かかとを踏み潰したまま外に出た。そうやって私はスニーカーのかかとのように心を潰しながら学校へ行き続けた。

夏休みが来て、憂鬱な思いが嘘のように消えていく。

友達との予定がないことは虚しさもあるけれど、それよりも教室に行かなくていいという解放感と安堵。

けれど一日、また一日と夏休みは過ぎていき、二学期の始業式の日があっというまにやってきた。

陰鬱とした思いを抱えたまま玄関で靴を履こうとすると、再び床が揺れるような感覚に陥(おちい)る。そして教室での光景や、クラスメイトたちがわざと怯えたり笑ったりする声が鮮明に蘇(よみがえ)った。

その瞬間——ダメだと強く思った。

このまま学校に行ったら、私の心がぽきりと折れる。

自分の中の限界を感じて、私は鞄を玄関に置いたまま、部屋に駆け込んだ。

喉が詰まりそうな浅い呼吸をしながら、嗚咽を漏らす。少ししてお母さんは異変に気づいたらしく、慌てて部屋に入ってきた。

『どうしたの!?』とか『体調悪いの？』とか大きな声で何度も聞かれたけれど、私は拒絶するように、手を払い除けて『学校行きたくない！』と叫ぶ。

さすがにお母さんも、この状況で行かせることは諦めたようで、それ以上はなにも聞いてこない。ただ腫れ物を扱うように部屋から出て行ってしまった。

その日の夜、お父さんが会社から帰ってくると、問い質された。

『学校でなにかあったのか？』

ベッドの上で蹲る私と、床にあぐらをかいて威圧感のある鋭い眼差しを向けてくるお父さん。そしてドアの辺りで、お母さんが落ち着きなく私たちを見ている。

自分が幽霊扱いされているなんて話すのは躊躇いがあった。けれど、お父さんの前で誤魔化したら激怒されて、強引に学校へ行かされることは想像がつく。

そのため、素直に話すしか道はなかった。

クラスで起こっていたこと、それを注意したことによって、今度は私がターゲットになったことを打ち明ける。

するとお父さん厳しい表情で聞いていたお父さんは、深いため息を吐いた。

『友達と喧嘩することくらい、これから何度だってある』

『っ……喧嘩とかじゃなくて、』

『柚紀、みんな辛いことがあっても我慢してるんだ。ちょっと友達と喧嘩したくらいで休むな。それに友達作りなんかじゃなくて、学校は勉強しにいく場所だろ』

感情がぐちゃぐちゃでうまく話せない。お父さんが思っているような喧嘩じゃない。

一方的に幽霊として扱われて、クラスの人たちみんなが私を避けたり、笑い者にする。それなのに、我慢しろってお父さんは言うの？

『はぁ……どうして普通のことができないんだ』

ぼそりと言った言葉が私の耳にハッキリと届いた。

厳しくて怒りっぽいけれど、それでもいい点をとると褒めてくれて、休日は私が行きたいところに連れて行ってくれる。そんなお父さんが好きだった。

けれど、お父さんもわかってくれない。こんなことなら最初から話さなければよかった。

失望と同時に心が離れていく。

それから私は部屋に閉じこもるようになった。

初めのうちはお母さんが毎朝声をかけにきていたけれど、学校に行かないと拒否し続けたら諦めたようだった。

お父さんは夜になると、私と話をしにきた。だけど内容は変わらず、私の言動は甘えだということなどの叱咤だった。顔を合わせるのも嫌で、棚をドアの前に置いて入ってこられないようにした。

こんな幼稚な方法しか、私は自分を守る術が見つからなかった。

半月ほどそんな日々が続いたとき、初めて私の部屋を両親以外の人物がノックした。

『久しぶり、柚ちゃん』

ドア越しに優しく声をかけてくれたのは、母の姉である春枝伯母さんだった。

――いつでもおいで。

春枝伯母さんの娘で、私の従姉（いとこ）のなっちゃんの声が鮮明に蘇る。懐かしい感覚に引き寄せられるように、私は自らドアを開けた。

廊下には春枝伯母さんとお母さんが立っていた。きっとお母さんが呼んだのだろう。昔から私は春枝伯母さんの家の人たちが好きで懐いていたから。

『少し話せる？』

私は頷いて、『春枝伯母さんとふたりだけでなら』と言って承諾する。春枝伯母さんを部屋に通して、向かい合って床に座った。

『ごめんなさいね。急に来ちゃって。びっくりしたでしょう』

『お母さんに、その……』

呼ばれたんでしょ？　私の学校のことも聞いた？

そう聞きたいのに、途中でつっかえてしまう。

『柚ちゃんのお母さんから事情は聞いたわ。でも私が柚ちゃんに会いにきたかったの』

柔らかい口調で、私の身体から力が抜けていく。春枝伯母さんのこういうところが好きだった。穏やかで私が言葉に詰まっても苛ついたりしない。

『柚ちゃん、私と一緒に住まない？』

『え……』

春枝伯母さんの提案に頭がついていかず、戸惑ってしまう。

『今は知り合いの人とシェアハウスをしているんだけど、一緒に住むといっても部屋に鍵もつけるから、自由に過ごして大丈夫よ。だから柚ちゃんさえよければ、伯母さんの家に住まない？』

『でも私……こんなんだし……』

学校で人とうまくできなくて、不登校になってしまった。そんな私を引き取っても、春枝伯母さんが面倒な思いをするだけだ。

『柚ちゃんの気が乗らなければ断っても大丈夫よ』

『お母さんに頼まれたから、嫌々言ってるんじゃないの……？』

『実はまだ柚ちゃんのお母さんには話してないの。怒られちゃうかもしれないわね』

悪戯っ子のように小さく笑った春枝伯母さんは、私の顔色をうかがっているようにも見えないし、嘘を言っているようにも思えなかった。

『私……靴が履けなくて』

『それなら私がおぶって連れていくしかないわね』

『え、それは無理なんじゃ……』

真顔で返すと、今度は顔をくしゃりとさせながら声を上げて笑った。

『こう見えても力はあるんだけど、無理かしら？』

『無理だよ。だって私の身長、春枝伯母さんとあんまり変わらないし』

『言われてみればそうね。昔の印象のままだったわ。柚ちゃん身長伸びたものね』

春枝伯母さんは穏やかで温かい眼差しを私に向けてくれていて、久々に気を張らずに誰かと話せる。この人は、私の話を馬鹿馬鹿しいなんて言わずに聞いてくれる。

『行きたい場所を見つけたときに、靴を履けばいいわ。それまで伯母さんの家で休息しましょう』

靴が履けなくても、春枝伯母さんは叱らない。無理に変われとも言わない。

『……春枝伯母さんと、一緒に住みたい』

ボロボロな私の心を、守ってくれる唯一の存在に感じた。

ここを抜け出せたら、私は今よりも苦しさから解放されるだろうか。

春枝伯母さんから両親に事情を話してくれて、私はこの家をしばらく出て行くことになった。お母さんは複雑そうにしていたけれど、でもどこか安堵しているように見える。

私の扱いに困っていたのだなと、そう気づいて自分勝手に傷ついた。

理解してくれないからと冷たく当たって、会話をしないようにしていたのは私自身なのに。出て行きたいと自分で選んだのに。引き留めてすらもらえないことに、傷つくなんて馬鹿みたいだ。

お父さんには、お母さんから話をしてくれた。リビングから喧嘩をする声が聞こえてきて、揉めていたようだけれど、定期的に私と顔を合わせる日を作るという条件で、お父さんは許可したらしい。私としてはそれすら憂鬱だけれど、この家で暮らし続けるよりずっとよかった。

それから三日後、私は必要な荷物だけをまとめて家を出た。

車はお母さんが出してくれたけれど、車内での会話は一切ない。小さなモニターに流れる朝のニュース番組の声だけが響いていた。

春枝伯母さんの家は、私の家から一時間ほど離れた場所にある。

到着すると、春枝伯母さんが靴を履けない私のために、家の前までビニールシートを敷いてくれていた。

ここへ来るのは、約二年ぶり。玄関からリビングへ通されて、物がほとんどなくなっていることに驚いた。私が知っている賑やかな浜口家とは大分異なる。

廊下の壁には三女のせりちゃんが描いた絵が飾られているけれど、それ以外はあの頃を連想させるようなものが見当たらない。

従姉三人は既にこの家を出て行っているらしい。

『上は椎名くんが使ってるから、一階のふた部屋の好きな方を選んでね』

椎名さんという人は、仕事が忙しいので会うことは少ないはずだと言われた。その方が私も気が楽。けれど、実家で両親といるよりも伯母や会ったこともない他人と暮らす方がいいなんて、おかしな話だ。

私は玄関の近くの部屋を選んだ。あの部屋は、かつてなっちゃんの部屋だった場所。私にとって思い出が詰まった部屋へ足を踏み入れる。

記憶の中では、物で溢れていたはず。

積んであった雑誌も、壁に貼られていたなっちゃんの好きなバンドのステッカーも、友達と撮った写真も消えていて、なっちゃんの痕跡は見当たらない。あるのはベッドや空の棚だけ。

――柚、いつでもおいで。

そう言ってくれたのに。なっちゃんがどこへ行ったのかも知らない。

ただの従妹でしかない私は、なっちゃんにとって行き先を言うほどの存在でも、別れを告げる相手でもなかったのだろう。

そう思うと、無性に寂しくなる。好きなのは、私だけだったのかもしれない。

『二番目の菜樹南ちゃん、反抗期なのかしら。派手な髪色でびっくりしたわ』

小学生の頃、そんな風にお母さんが言っていた。お母さん的には、なっちゃんが不良みたいになったとショックを受けたようだった。

私は学校帰りに春枝伯母さんの家の近くで金髪に短いスカートを穿いた人を見たとき、思わず『綺麗な髪』と言葉を漏らしてしまった。

今まで身近に金色の髪をしている人なんていなくって、こういう髪の色の人って本当にいるんだと、小学三年生の私には大きな衝撃だった。

私の言葉が聞こえたのか、振り返った金髪の人が可笑しそうに笑う。

それがお正月におばあちゃんの家で何度か会ったことがある、なっちゃんだと気づくのに数秒かかった。だって私の記憶の中のなっちゃんは真っ黒な髪をしていたから。

なっちゃんは私に優しかった。暇なときに遊びにおいでと言われたので、夏休みや冬休みに本当に遊びに行くと、私のためにお菓子を買っておいてくれるし、部屋に連れて行ってくれる。

好きなアーティストの話をしてくれたり、漫画を貸してくれたり、私よりも十歳年上なのに友達みたいに話してくれた。

だけど私が小学五年生の秋、伯父さんが亡くなった。

お母さんに、しばらく春枝伯母さんの家に遊びに行くのはやめておくように言われ、私は会いに行きたい気持ちを抑えて、通うことをやめた。

そして次のお正月は、おばあちゃんの家になっちゃんたちが来ることはなく、その次のお正月は私の家の家族旅行と重なって、完全に疎遠になってしまったのだ。


この家に来たときは、まだわかっていなかった。

玄関に飾られていた家族写真が消えた理由も、なっちゃんや他の従姉が家を出て行った理由もなにも知らなかった。

春枝伯母さんに聞いたことがある。

『なっちゃんたちはお正月って帰ってくるの？』

ただの好奇心のようなものだった。だけど春枝さんは寂しげに『帰ってくることはないわ』とはっきりと答えた。

その瞬間、昔の出来事が頭を過った。

春枝伯母さんは優しいいし、なっちゃんは明るい。せりちゃんはおっとりしていて、すーちゃんはしっかり者。

みんな私には話しかけてくれるけれど、笑い合っている姿を見たことがないことに気づいてしまった。

私が知らなかっただけで、春枝伯母さんやなっちゃんたちは、色んなことを抱えていたのかもしれない。


私がこの家に来た秋が終わり、冬が過ぎて春が訪れると、新しい人が入居した。

こっそりと部屋のドアを開けて、その人の姿を見たとき、なんとなくなっちゃんに似ている気がして、心の奥がざわつく。

髪色はまったく違うし、顔立ちも違う。なのに笑った顔が、なっちゃんの面影を感じる。

多分それは、ふたりとも寂しそうに笑っていたからかもしれない。

春枝伯母さんも椎名さんも新しい住人と仲良くしているようだったけれど、私は深くは関わりたくなくて、部屋から出ることは更に少なくなった。

それでも明け方だけは、この部屋から抜け出す特別な時間だった。

こっそりと家を出て、まだ薄暗い外へ飛び込んでいく。

靴が履けないままだけれど、この時間帯は人がいないので、誰の目も気にせずに自由に歩くことができる。

ひと気のないざらついた道を歩いて、横断歩道橋の真ん中に立つ。

ポケットに入れていたスマホを取り出して、写真を撮った。天気や雲の大きさなどによって、同じ場所からでも朝日が昇る光景は違う。

こうして写真を撮るのは自分がここにいる記録を残すような感覚だった。消えたいと思っているのに矛盾しているけれど、外に出るときの決まりごとのようになっている。

白い雲の切れ間から黄金色が滲んでいく。なっちゃんの金髪みたいだ。

誰もいない朝の空間で、私は懐かしい曲を口ずさむ。なっちゃんに聴かせてもらったアーティストの曲で、切なくてゆったりとしたメロディ。

私がこの曲が一番好きだと言うと、嬉しそうに、だけどどこか困ったようになっちゃんが『私も好き』と笑った。鼻の頭が赤くなっていて、今思うとなっちゃんは泣きそうだった。

あの曲の歌詞が知りたくなってスマホで調べてみる。すると孤独で消えたくて、だけど現実から逃げ出せない悲痛な叫びのような言葉が綴られていた。

なっちゃんはこの曲の歌詞に共感していたのだろうか。苦しさを訴える曲だけど、でも私にとっては大切ななっちゃんとの思い出の曲だった。

あるとき、私の後をつけてきている存在に気づいた。

足音が一定の感覚で聞こえてきて、最初は怖かったけれど、横断歩道橋から見えた女性には見覚えがあった。

新しい住人だ。確か春枝伯母さんがちよこちゃんって呼んでいた人。

私に話しかけることなく、どこかへ消えてしまう。あの人がなにをしにきたのかはわからないまま、家に戻ると玄関にタオルが二枚置いてあった。

片方は濡れていてほんのりと温かく、もう片方は乾いている。私が裸足で歩いていたから気遣ってくれたみたいだ。

タオルで足の裏を拭きながら、どうして見ず知らずの人が親切にしてくれるんだろうと不思議に思った。

私のことなんて放っておけばいいのに。だけど置かれた二枚のタオルには優しさが詰まっているように感じて、目の奥が熱くなる。

部屋に戻った後、今はもう使っていないノートを引っ張り出して、〝タオル、ありがとう〟と書いた。本当は直接言うべきなのに、勇気が出なくてごめんなさい。

そう思いながら、あの人の部屋の前に紙を置いておいた。

翌朝、再び彼女——ちよこちゃんは私についてきた。

横断歩道橋で休職していることを聞いて、私は今まで自分のことばかりで周りが見えていなかったと自覚する。思い返せば、昼間もちよこちゃんは家にいた。少し考えればわかるはずなのに、休職しているとは思いもしなかった。

この日がきっかけで、私たちは会話を交わすようになった。

部屋から出ることを躊躇いながらも、ちよこちゃんがいるとわかるとリビングに向かう。学校のこと、ちよこちゃんの会社のこと、お互いの傷を少しずつ打ち明けていく。

学校に行けなくなった私と、会社に行けなくなったちよこちゃん。遠い存在のようで私たちはどこか似ていた。私みたいに〝普通〟ができなくなる大人もいるんだ。

「柚紀ちゃん、お茶飲む？」

ふたりでウッドデッキに座って庭を眺めていると、ちよこちゃんが立ち上がった。

「今朝、春枝さんにおすすめのハーブ教えてもらったんだ」

「うん。飲みたい」

「あとね、昨日すぐそこのケーキ屋さんでカヌレ買ってきたから、一緒に食べよう」

この近くにケーキ屋さんなんてできたんだ。私が遊びにきていたのは小学生の頃だから、今はお店も変わってきている。

早朝にひとりで歩いているだけでも、時の変化を感じることが多い。新しく舗装された道や、以前はお店だった場所が駐車場になっていたり、時々遊びに行っていた公園も更地になっていた。

私が目を閉じて耳を塞いで閉じこもっている間に、外の世界は変わっていく。それが寂しくもあって、妙な焦りを覚える。

「お湯沸かしてくるね」

「手伝うよ」

私も立ち上がろうとすると、ちよこちゃんは「柚紀ちゃんはそこで待ってて」と言ってくれた。最近ちよこちゃんは春枝伯母さんからハーブの本を借りたことがきっかけで、ハーブティーを淹れることにハマっているらしい。

私はハーブティーが出来上がるまでの間、まったりと日向ぼっこをする。

今日は快晴で、暖かい風がハーブの独特な香りを運んできた。

春枝伯母さんが趣味で育てている野菜やハーブたちは、私が小学生の頃はここまで多くはなかった。伯父さんが植物を育てるのが趣味で、庭の一角でラベンダーとかを育てていたのを覚えている。今では春枝伯母さんがそれを引き継いで、ここまで緑豊かな庭にしたみたいだ。

スマホでカメラモードを起動して、庭を撮影する。けれど、ここからでは距離があって、もっと近くで撮影した方がいい写真になりそう。

自然と地面に足が伸びそうになって、動きを止める。

私はいつまで、裸足で歩き続けるんだろう。

少し前までは、このまま部屋に閉じこもっていたいと思っていた。早朝にひとりで外を散歩するだけで満足だった。

だけど、私の日常は永遠じゃない。ずっと中学生ではいられない。それにいつまでここに住めるんだろう。いずれは実家に戻らなければいけない？　どうしたらいいのか、なにが正解なのかがわからない。

ふと足元にあるサンダルが目に留まった。

『行きたい場所を見つけたときに、靴を履けばいいわ』

『柚紀ちゃんが行きたい場所へ足を進めればいいし、靴は柚紀ちゃんを守ってくれるよ』

以前春枝伯母さんとちよこちゃんが言ってくれた言葉を思い出す。

靴は私を縛り付ける鎖のように思っていた。だけど、履いたら必ず学校へ行かなければならないわけじゃない。今もまだ靴を履くのが怖い気持ちは消えないけれど、それでもゆっくりと足をサンダルに伸ばしてみる。

心臓の音がバクバクと大きく跳ねて、生唾をのむ。ひんやりとしていて硬い感触がして、指先を滑らせた。右足だけサンダルが履けて、無意識に止めていた息を吐く。

自分の心を宥めるように片手を胸に押し当てながら、左足もサンダルを履いた。

涙目になりながら、胸をトントンと軽く叩く。

行き先は、私が決めればいい。靴は、学校に行くためだけに履くものじゃない。

一歩、また一歩とサンダルを履いた足を進める。初めて履いたわけでもないのに、ぎこちない歩き方になってしまう。けれど、今の私にはこれが精一杯だった。

日差しが降り注ぐ庭の中心まで行く。見上げた太陽の位置は高くて、眩しくて、空は青い。朝には見られない光景だった。

「う……っ」

言葉にならない声が漏れて、涙が溢れてきた。当たり前のことができない自分に嫌気もさすけれど、それでも私も頑張ればできる。

お父さんには呆れられちゃって、普通じゃないのかもしれないけれど、それでもこれが今の私。こんな些細なことですら、私にとっては勇気が必要で、涙が出てしまう。

物音がして振り向くと、ちよこちゃんがハーブティーをウッドデッキに置いた。

そして私に優しく微笑みかけてくれる。

驚いた素振りもなく、頑張ったねとか声をかけるわけでもない。ただそこで待っていてくれた。踏み出した私が、自分の足で戻ってくるのを見守っている。それが私にとってはありがたかった。

サンダルのかかとが擦れる音を立てながら、私はウッドデッキへと戻っていく。ちよこちゃんから渡されたティッシュで涙と鼻水を拭って、気持ちを落ち着かせる。

「じゃあ、食べよっか」

透明のグラスには茜色のハーブティー。隣のお皿にはキャラメルのようなものがかかったカヌレが盛り付けられていて美味しそう。

「こんな色のハーブティーあるんだね」

「ローズヒップだって。春枝さんが美容にいいからよかったら飲んでみてって言ってたんだ。きれいな色だよね」

ハーブティーをひと口飲んで、思わず口が曲がる。

「酸っぱ！　なにこれ！」

「わ、本当だ！　私の味覚でも酸っぱいってわかる！」

「本当に飲み物⁉」

「春枝さんがちょっと酸味が強いって言ってたから、そういうものだと思うんだけど……でもかなり酸っぱいね」

休職したあたりから、ちよこちゃんはあまり食べ物の味を感じなくなったらしいけれど、それでもこの酸味はわかるみたいだ。ふたりして変な顔になり、目が合うと笑い合う。

「でもこれ、ビタミンCがたっぷり入ってるんだって！」

「それってなにに効くの？」

「風邪の予防にもなるし、お肌とかにもいいらしいよ！」

身体や肌にいいのならと、もうひと口飲んでみる。やっぱり酸っぱくて、眉間にシワが寄ってしまう。ちよこちゃんも似たような顔をしながら、飲んでいる。

そういえば、春枝伯母さんは飲みやすいようにと、ハーブティーに甘さを足してくれたことがある。

「ちよこちゃん、はちみつ入れてみるのは？」

「それいいかも！」

先ほど緊張しながら履いたサンダルを脱ぐ。靴を履いても、辛いことは起こらなかった。写真は撮り忘れちゃったけれど、また明日ここで撮ればいい。

――また明日。そう思えたことで、心に光が差し込む。

時間は限られているけれど、でも急ぐ必要もない。周りがとか、普通とか気にせず、自分の歩く速度で前に進んでいきたい。

サンダルを揃えてから、私はダイニングへと歩き出した。

五章　変化のマロウティー

「ごちそうさまでした」

空になった食器の前で手を合わせて、ほっとした。今朝も完食できた。

「ちよこちゃん、胃の調子は大丈夫そう？　この間から食事量増えたでしょう」

食器を洗っていると、テーブルを拭いていた春枝さんが心配そうにこちらを見る。

「具合が悪くなることもないので、平気そうです！」

以前はお味噌汁だけで済ませていた朝食も、今は小盛りのご飯と一緒に食べるようになっていた。味覚はまだ完全には戻らないけれど、少しずつ改善しているように感じる。それに食事に対しての抵抗が減ってきている気がした。

「そう。よかったわ。じゃあ、今朝もハーブティーを淹れましょうか」

「はい！」

朝食の片付けを終えると、ウッドデッキから庭へ出る。小雨が降っている中、急いで目当てのハーブを少量収穫した。

ペパーミントとレモングラスをキッチンで洗い、ハーブティーを淹れる。

爽やかな香りが漂い、眠気が吹き飛んでいく。最近食後にハーブティーを飲むのが日課になりつつある。

「ちよこちゃんがハーブに興味を持ってくれて嬉しいわ」

春枝さんがハーブティーを飲みながら、穏やかに微笑む。

「ハーブって、本を読むたびに発見があっておもしろいです」

あれから本屋さんでハーブを使ったレシピ本を購入した。

食べ物だけではなく、ポプリの作り方も載っていて、今まで触れてこなかった知識をたくさん得られる。夢中になって夜更かしをして読んでしまった。夏になったらラベンダーのポプリを作ってみたい。

「それなら今度、私のアシスタントをやってみない？」

「え？」

春枝さんの仕事は料理研究家だ。最近ハーブに興味を持ち始めたとはいえ、料理関連の仕事の経験が全くない私にアシスタントなんて務まるだろうか。

「雑誌でハーブを使った料理特集の撮影と、ハーブティー教室の企画を持つことになって、アシスタントをちょうど探しているの。一度やってみて、興味があれば今後正式にアシスタントになってもらえると嬉しいんだけど」

「でも、私……お役に立てるかわからないです」

「実咲ちゃんも最初は未経験からだったわ。回数を重ねるごとにできるようになっていったから、大丈夫よ。それに指示は私が出すから、そんなに難しくはないと思うの」

このシェアハウスに誘ってくれた友人の実咲は、春枝さんの元アシスタントだ。

仕事内容は前に少し聞いたことがあったけれど、小物の用意や管理をしたり、当日のタイムスケジュールの調節。その他は春枝さんからの指示を受けて動くと言っていた。私にそれができるのか、あまり自信がない。

職場でうまくやれず、同期に仕事を押し付けられたり、上司から頻繁(ひんぱん)にガラス張りの部屋で叱られた日々を思い返す。

あの広報室の中で休職するほど体調を崩したのは私だけ。時間が経つにつれて、私の仕事のやり方にも問題があったのではないか。原因は私だったのかもしれない。そんな感情も芽生えていた。

「日曜日の夜までに答えをちょうだい。それまでゆっくり、ちよこちゃんがどうしたいか考えてみて」

「……はい。ありがとうございます」

期限まであと六日ある。休職後のことを、私は決めていかなければならない。

生活していくには働かなければいけなくて、今は実咲の紹介のおかげで春枝さんと出会えて甘えさせてもらっている。いつまでもこの場所で寄り掛かってばかりではなくて、私がどうしたいのかを考えていかないと。

「そうそう。今週の日曜日、私と柚ちゃんは出かけてくるわね」

「柚紀ちゃんとですか？」

「定期的に柚ちゃんと一緒に、彼女の実家に行くことになっているの」

親元を離れて暮らしているため、時折親子の交流のために実家で昼食をとることになっているらしい。柚紀ちゃんは、両親との対話をあまり望んでなさそうなので心配だ。

話しても伝わらないというのは、私の両親とも似ている。

悩みに寄り添ってくれるのではなく、一般的にはこうなんだからとそのレールから外れないようにと言われてしまう。

「柚ちゃん、サンダルが履けるようになったって言ってたわ。ありがとう」

「え……私は特になにもしてないです」

あのときは私がハーブティーを作っている間に、柚紀ちゃんが自らの意思でサンダルを履いた。背中を押すような言葉をかけたわけではなくて、彼女が踏み出した一歩だ。

「最近ちよこちゃんと仲良くなって、柚ちゃんよく喋るようになったから。きっとそういう変化も大きいんじゃないかと思うの」

私の存在が少しでも柚紀ちゃんの変化のきっかけになっているのなら嬉しい。柚紀ちゃんは落ち着いていて、年齢差をあまり感じさせない。つい私が話しすぎてしまうけれど、それでも嫌な顔ひとつせずに聞いてくれる。

だけどその分、自分の感情を溜め込んで我慢してしまう子なんじゃないかと思う。

日曜日、朝から柚紀ちゃんと春枝さんは出かけて行った。

玄関まで見送りに行くと、柚紀ちゃんの表情は硬くて、緊張しているのがわかった。

まだスニーカーは履けないけれど、唯一サンダルだけは履けるようになったそうで、今日もサンダルを履いていた。

柚紀ちゃんが辛い思いをしませんように。

私にできるのは、心の中で祈ることだけだった。

それから暫くして、部屋でハーブの本を読んでいると、ドアをノックする音がした。ドアを開けると、椎名さんが立っている。部屋まで来るのは珍しい。

「加瀬さん、これからお昼作ろうと思うんだけど、一緒に作らない？」

最近仕事が忙しそうだったので、椎名さんとふたりで話すのは一週間ぶりくらいだ。あまり眠れていないのか、この間は隈ができていて、顔色も悪かった。春枝さんと心配していたけれど、今日は血色がよく、ほっと胸を撫で下ろす。

「お手伝いさせてください。なにを作る予定なんですか？」

「鮭のハーブ焼きを作ろうかなって」

美味しそうな名前に心が躍る。まだ薄味に感じるものの、少しずつ味覚が戻り始めているので、食べるのが楽しみだ。

キッチンへ行くと、既に食材が並べられている。

鮭の切り身とハーブ塩に、レモンや白ワインなども置いてあった。それに使う器具などもまとめられている。近くにある炊飯器はオレンジ色のランプが点いていて、ご飯を炊いてくれているみたいだった。

「食材はさっき買い出しに行ってきたから揃ってるよ。すぐ取り掛かろうか」

「え、買ってきてくれたんですか？」

「誘うからには準備くらいしておこうかなって思ってさ」

椎名さんの手際のよさには舌を巻く。仕事が忙しくて休日の朝はゆっくり寝ていたいはずなのに。

それに普段も遅く帰ってきた日には、お風呂掃除までしてくれる。朝早く行くときも、ゴミ出しをしてくれるのだ。牛乳やバターなどよく使うものが切れそうになるタイミングで補充してくれて、ティッシュやトイレットペーパーも仕事帰りに買ってきてくれる。彼の気遣いを家の中で感じることは多い。

「椎名さん、ちゃんと休めてますか？」

「今日休めてるから大丈夫」

「でも、休日なのに買い出しに行って料理して、ゆっくりできていない気がして」

もしも、私とふたりだからご飯を作らなくちゃと思わせたのなら申し訳ない。

「これは俺が趣味でしてることだから」

椎名さんは本当に料理が好きらしく、いつもよりも声が弾んでいる気がする。私が気を遣わせたわけではないようで安心した。

「それに、加瀬さんが最近ハーブにハマってるって聞いたから、一緒に作ってみたいなって思ったんだ」

「私、まだ知識があるわけでも、料理が得意なわけでもなくって……」

ただ本で読んだ程度で、一部の内容しか頭に入っていない。

それに実家で料理の手伝いをするとき、手際が悪いとよく言われていた。レシピを教えてもらって頭に叩き込んでからじゃないと、椎名さんに迷惑をかけてしまいそうだ。

「俺も最初はそんな感じだったよ。ただ関心があっただけ。春枝さんと出会って、楽しさを教えてもらえたから、こうして今も料理が好きなんだ。だから、加瀬さんにもそう思ってもらえたらいいなって」

「上手にできなくてもいいですか……？」

私の言葉に、椎名さんが僅かに目を見開いてから、目尻にシワを寄せて笑った。

「いいよ、そんなの。楽しく作ろう。失敗したって誰も怒らないし」

誰も怒らない。椎名さんの言う通りだ。それなのに私はいつも、お母さんに怒られると無意識に考えていた。

——料理くらいできないと恥ずかしいでしょう。

大人になった今でも、私の世界の中心は両親だった。私の人生なのだから、自分でいくらでも選択できるのに、両親からの言葉に縛られて、そして言い訳にしていた。私は受け身で後ろ向きで、なにかに挑戦するのが怖いだけ。

「作り方、教えてください！」

うまくできる自信なんてなくても、やってみたい。誰かの顔色をうかがう自分を変えていきたい。

手を洗ってから、椎名さんが一通り作り方の説明をしてくれる。

鮭にハーブソルトをまぶして、オリーブオイルで焼くらしい。そんなに難しそうではないので、私にもできそうだ。

「これってなんですか……？」

黄色の液体の中に葉が漬けられている。これはローズマリーだろうか。

「オリーブオイルのハーブ漬け。先週作っておいたんだ」

「すごい！　こういうものも作れるんですね！」

「ちょっと手間暇はかかるけど、肉とか魚の臭みをとってくれるし、風味もつくから料理に結構使えるよ」

ハーブオイルの見た目は、ハーバリウムを思い出させる。料理にも使えるし、インテリア感覚で飾ってもおけて可愛らしい。

「じゃあ、まずは鮭にハーブソルトをまぶしていこう」

「これ乾燥したハーブが混ざってるんですね」

塩の中に、刻まれた緑色がちらちらと見える。

「鶏肉をこれで味つけして焼くと、めちゃくちゃ旨くておすすめ」

「洋風な焼き鳥って感じがして、美味しそうですね！」

作ってみたいですと言いかけて口を噤む。作っても、味がわからないかもしれない。

「今度作ろうか」

「あ……でも」

「味がわかったらラッキーじゃん？　わからなければ、俺が食べるよ」

ラッキーと言われて、思わず笑ってしまう。椎名さんの発言は食べることへの抵抗や不安を和らげてくれて、心が軽くなっていく。

「色々試していこうよ。味がわからないからってダメなわけじゃないし、加瀬さんは自分に厳しすぎなんじゃない？」

「……そう見えますか？」

「完璧主義だけど、自分に自信がないのかなって。さっきも失敗を怖がってたし」

完璧にこなす必要なんてないと、以前春枝さんにも言われた。

きちんとしないと、呆れられてしまう。やってみて失敗するより、できることをこなしていた方が安心だ。

そんな風に自分に言い聞かせてきた。

「だから、加瀬さんは味覚を感じなくなった自分を責めてるんじゃないかって思った」

「……そうですね。もっとこうしていたら、変わっていたのかもとか、時間が経つにつれて自分に問題があったのかもって」

「加瀬さんの言う通り、自分自身の言動でなにかが変わっていたのかもしれないけど、それでもそのときは一生懸命だったんだろ」

一生懸命だった。私なりに精一杯仕事をこなして、空気が悪くならないように気をつけて、夜に急な打ち合わせの資料をお願いされて睡眠時間を削ることだってあった。あの頃の私に、「もっとこうして」なんて言ったら、きっと今以上に壊れてしまう。

「加瀬さんの苦労を一番理解してあげられるのは自分だけなんだから、よく頑張ったって労ってあげなよ」

泣きそうになるのを堪えながら、私は頷く。

休職という結果になってしまったけれど、それでも人間関係や仕事に耐えて頑張ってくれた過去の自分のおかげで、今までやってこられた。

頑張ったねと、誰にもかけてもらったことのない言葉を、私は初めて心の中で自分にかける。これから先は、今の私が考えていく番だ。

それから少しして落ち着いてから、椎名さんに指示をもらい作業を再開する。

下準備を終えてから、フライパンにハーブオイルをしくと、芳しい香りが鼻を抜けていった。そこに鮭を置いて、じっくりと焼き色をつけていく。香ばしい匂いが立ち昇り、空腹が刺激される。

「蓋をして数分焼いたら、完成。お皿を用意しておこうか」

「はい！」

椎名さんは和モダンな黒い中皿を取り出すと、くし切りにしたレモンとローズマリーを一枝のせる。そして炊き立てのご飯と、昨夜春枝さんが作ってくれたなめこのお味噌汁を盛り付けた。

今まで実家やひとり暮らしのときに料理をしても、楽しいって感じることがなかったけれど、今日は料理が楽しく感じる。

フライパンの蓋を開けると、白い湯気が霧散（むさん）していき、油が小さく弾けるような音がする。香ばしい匂いは先ほどより増していて、一気に部屋に充満していく。

「美味しそうです！」

「うん。焼き目も綺麗だな」

フライ返しを使い、お皿に鮭のハーブ焼きをのせて昼食の完成だ。

ダイニングテーブルまで運び、私たちは向かい合って座る。壁にかかった時計を見ると、時間もちょうど十二時になっていた。

「いただきます」

ふたりで手を合わせてから、まずは鮭にレモンを軽く絞る。

それから箸で身をほぐして一口食べてみると、表面はパリッとしていて、中は軟らかい。レモンとハーブの爽やかさと塩気を感じる。久しぶりにぼやけた味ではなくて、旨みを堪能できて顔が綻ぶ。

「どう？　シンプルな味付けだから、加瀬さんも食べやすいかなって思ったんだけど」

「いつもよりも味がちゃんとしている気がして……美味しいです」

自分で作ったからなのか、それとも偶然この味を感じるのかはわからない。それでもなにかを食べて美味しいと思えることは幸せだ。

以前の私は、食を蔑(ないがし)ろにしていた。お腹にたまればいい。栄養がとれればいい。そんな風に考えて、美味しいものを食べたいなんて思いもしなかった。

噛み締めるように鮭を咀嚼して、次は白米を食べる。お米がほんのりと甘い。お味噌汁も昨夜は薄味に思えたけれど、今は塩気もちょうどよく味噌の風味もする。

「……っ、美味しい」

視界が滲む。泣きたくない。だけど、自然と涙がこぼれ落ちていく。

「加瀬さんの心に余裕が出てきたからだと思うよ」

椎名さんがティッシュの箱を差し出してくれた。私はそれを一枚もらって、涙を拭う。

「心に余裕がないと、なにかを楽しむってできないから。だから、食事をして美味しいって感じて泣きそうになるのは、加瀬さんの心が回復し始めてるんじゃない？」

味を噛み締めるように咀嚼すると、再び涙がこみ上げてくる。

じんわりと癒やされていくのを全身で感じる。食べるって、心を豊かにしてくれる。もっと早くにそのことに気づけたらよかった。

「そうかもしれません。今はそれほど辛くないんです」

休職したばかりの頃は会社のことを考えると胃が痛くなったり、ため息が出ることも多かったけれど、今はあまり感情を揺らすことなく考えられるようになっていた。

「引っ越して環境を変えたのも大きいかもしれないけど、日にち薬もあると思う」

「日にち薬……？」

「一日、また一日って月日を重ねていくことが、加瀬さんの心を癒やす薬になっているんじゃないかなって」

二月の終わりに休職してから、約三ヶ月が経ち、今週から六月を迎えた。

椎名さんの言う通り、時が経つことによって癒えていくものもあるのだと思う。けれど他の理由も頭に浮かんだ。

「日にち薬の効果もあると思います。でも私にとって特別な薬だったのは、春枝さんや椎名さん、柚紀ちゃんとの出会いな気がするんです」

シェアハウスの人たちの優しさに触れて、そしてハーブとも出会えた。ここに住まなかったら、私がハーブに興味を持つことも、なにかを食べて美味しいと感じることもなかったはずだ。

「だから、ありがとうございます。お昼、誘ってくれて嬉しかったです」

椎名さんは、ちょっとだけ照れくさそうに笑った。

昼食が終わって、食後のハーブティーを一緒に選ぼうとしていたときだった。

テーブルに置いていた私のスマホが振動し始める。画面に表示されている〝母〟という文字に、呼吸が一瞬止まる。

用事なんて大体わかる。私の仕事のことや、結婚のこと、親族の愚痴。それに最近私が連絡しないことへの不満もあるかもしれない。

「電話、出なくていいの？」

「そうですね。出ないと」

もしもこれを無視したら、あとでなにを言われるかわからない。でもどうしてこんなに、私は母親からの電話に怯えているんだろう。いつも通りに会話したらいいのに。

「もしかして、出たくない？」

椎名さんの一言で、私は視線を上げる。気遣うようにこちらを見つめている彼と視線が交わり、返答に迷う。

「無理して出ようとしてるみたいに見えたから」

……そうだ。いつも無理をしていたんだ。

憂鬱な気持ちを押し込んで、明るく振る舞う。私の本音なんて伝えても理解してくれないと諦めて、心を押し潰していた。私はそれをもうしたくない。だから電話に出ることをこんなにも躊躇ってしまう。

「あんまり……出たくないです。多分話をしても、平行線なので」

「じゃあ、やめとけば」

椎名さんが私のスマホを遠ざけるように、離れた位置にずらす。思わず手を伸ばしかけて、指先を握りしめた。

「出なくて、いいんですかね」

「加瀬さんのスマホなんだから、出るかどうかは自由だよ」

あとでお母さんからメッセージが届くのは想像できる。

適当にやり過ごせばいいのにと、実咲に言われたこともあった。だけど私の中では親の存在が、どうしても絶対的なものに感じてしまう。特に幼い頃から植え付けられたものを消すことは難しい。お母さんとお父さんの言う通りにしないと。そう思って、私は過ごしていた。

「電話の相手、親なんです。それなのに出たくないなんて最低ですよね」

数秒間を置いてから、椎名さんが「どうして？」と私に問う。

「だって、普通親からの連絡を無視なんて……」

「それぞれ関係性が違うから、最低とは思わないよ。親と良好な関係の家もあれば、仲が悪かったり、合わない家もあるだろ。だから普通なんて言葉で自分を責める必要ない」

合わない家。その言葉に目を瞬かせる。私の場合、〝合わない〟のかもしれない。嫌いなわけでも、関係が悪いわけでもなく、好かれていたいとは思う。だけど、一緒にいても居心地が悪い。

それに両親とは本音を打ち明けられる関係でもない。休職していることを知らせれば、仲が拗れるとわかっていて話せずにいる。

「無理していい子どもでいる必要もないし、加瀬さんが自分の気持ちを守れるようにした方がいいよ」

「……はい」

玄関の方から物音が聞こえて、私は開きかけた口を閉ざす。春枝さんと柚紀ちゃんが帰ってきたみたいだ。

「柚ちゃん、頬冷やしましょう」

「大丈夫だよ、これくらい」

「ダメよ、ちゃんと冷やしておかないと。腫れてるじゃない。待って、柚ちゃん！　引っ掻き傷ができてるじゃない！」

珍しく春枝さんが焦っているような声がして、私と椎名さんは顔を見合わせる。

「あ、本当だ」

洗面所から水が流れる音がして、ふたりの会話がかき消されていく。柚紀ちゃんの家でなにかあったのかもしれない。

少ししてリビングへやってきた春枝さんは暗い表情をしていて、一方柚紀ちゃんは朝よりも表情が明るい。けれど、左頬は赤く腫れていた。

「え、その頬どうしたの!?」

席を立って柚紀ちゃんに歩み寄ると、腫れた頬に赤い線が入っていて血が滲んでいる。

「心配しないで」

「そんなの無理だよ！　だって頬真っ赤だよ！」

柚紀ちゃんはニッと歯を見せると、痛そうに僅かに顔を歪めながら手で頬を押さえた。

「これは勲章なの」

「勲章？」

「お父さんと戦った証！」

　ぽかんと口を開けたまま固まってしまう。どうやらこの頬は、お父さんに殴られたようだ。

横目で春枝さんを見ると、顔に手を当ててため息を吐いている。

「本当にすごかったのよ……あんな柚ちゃん初めて見たわ」

「もしかしてやり返したとか？」

　椎名さんの発言に、柚紀ちゃんが力強く頷く。

「殴られたから、蹴っ飛ばした！」

「えっ!?」

　柚紀ちゃんがそんなことをする想像がつかない。それに、柚紀ちゃんのお父さんが娘に手を上げたことにも驚いてしまう。

「柚ちゃんがもう中学には行きたくない、フリースクールに通いたいって話をしたら、お父さんはそんなのみっともないって言って、柚ちゃんと言い合いになったの」

　それで柚紀ちゃんのお父さんが先に殴ったそうだ。柚紀ちゃんが目の前のお父さんを蹴ると、再び頬を殴られ、反抗した柚紀ちゃんがお父さんに掴みかかって、怒鳴るような言い合いが始まったらしい。

「私と柚ちゃんのお母さんが止めに入って、なんとかフリースクールの見学に行くってことで落ち着いたんだけどね……でもお父さんはまだ納得していないみたい」

柚紀ちゃんのお父さんは、決められた教室に登校する学校生活を送ってほしかったのだろう。

だけど靴を履くのが怖くなるほど、追い詰められた柚紀ちゃんにそれを強制するのは、あまりにも酷な話だ。

フリースクールに通いたいと思えるようになったこと自体が進歩だけれど、柚紀ちゃんのお父さんはそれすらも甘えに感じたのかもしれない。

「暴力はよくないってわかってるけど。でも私、あのままお父さんに流されちゃダメだって思ったの」

微かに柚紀ちゃんの手が震えているのが見えた。必死に強くいようとしただけで、本当はかなり勇気を出して反抗したみたいだった。

私は柚紀ちゃんの背中に手を回して、抱きしめる。

「頑張ったんだね」

一瞬、身体を硬直させた柚紀ちゃんは、私の肩に顔を埋めた。そして縋りつくように抱きつきながら、肩を震わせる。

「本当は……怖かった。でも後悔はしてないよ」

張り詰めていたものがぷつりと切れたような、上擦った涙声だった。

柚紀ちゃんの背中を手のひらで、とんとんと軽く叩く。我慢したり、諦めるのではなく、自分の気持ちをぶつけて、柚紀ちゃんなりに精一杯向き合って戦った。

「……頬、痛い。ひりひりする」

「ええ！　ほら、柚ちゃん冷やして！　明日病院行きましょうね」

「大袈裟だよ」

「顔に傷が残ったら大変でしょう」

慌てて春枝さんが冷凍庫から小さな保冷剤を持ってきて、ハンドタオルで覆う。そして泣いている柚ちゃんの頬に涙を拭うように当てた。

「まったく、どうして手を上げるのかしら。私が代わりにやりかえせばよかった！」

「暴力はダメって私を叱ったのに」

「それはそうだけど……あのとき柚ちゃんがやり返さなかったら私がやり返していたかもしれないわ」

「春枝さんも子どもみたい」

声を上げて柚紀ちゃんが笑うと、春枝さんは苦笑しながら頬に保冷剤をぐっと押し当てた。

「痛い、優しくして！」と顔を歪めた柚紀ちゃんに今度は春枝さんが声を上げて笑う。

部屋に閉じこもって、裸足でしか歩けなかった柚紀ちゃんの変化に、私の心も突き動かされる。同じ場所に立ち止まっていたら、なにも変えられない。

柚紀ちゃんが泣き止んだ頃、椎名さんがハーブティーを淹れてくれることになった。

ガラスのポットにお湯が注がれると、青紫に色づいていく。そしてそれは氷がたっぷり入ったグラスに注がれた。

「綺麗！」

柚紀ちゃんと私はまじまじとグラスの中を眺める。日中の空よりも、どちらかといえば夜の空に近い色だった。私たちの反応を見た椎名さんは楽しげに笑う。

「ちょっと待ってて」

そして冷蔵庫から小さな器を取り出す。淡い黄色のなにかが入っている。

「それなんですか？」

「朝作っておいたレモンゼリー」

椎名さんはレモンゼリーをスプーンでひと口分すくうと、グラスの中に入れる。すると青紫色が瞬く間に神秘的なピンクへと変化していった。

「わあ、すごい！」

「こんなの初めて見た！」

興奮気味の私と柚紀ちゃんに、春枝さんがマロウブルーというハーブだと教えてくれる。

赤く色づくローズヒップはこの間飲んだけれど、こんな風に色が変わるのは初めて知った。

ハーブは香りを楽しむだけじゃなくて、こうして色も楽しめるんだ。

「マロウブルーは、夜明けのハーブティーって言われているのよ」

柚紀ちゃんと過ごした早朝のことを思い出す。夜が明けて、綺麗に色づいた空は紫色やピンク色に染まっていた。

ダイニングテーブルに全員分のアイスマロウティーを、椎名さんが用意してくれる。

「レモンゼリーはたくさんあるから、好みの量を入れて」

私は三回ほどスプーンですくって、マロウティーの中に入れていく。色が変わる光景は、幻想的で見惚れてしまう。

「いただきます」

ストローをグラスにさして、ひと口飲んでみる。他のハーブに比べると独特な風味はない。けれどレモンゼリーの味と混ざって爽やかな後味だ。

「ありがと、椎名さん。すごく綺麗で、このハーブティー好き」

柚紀ちゃんの言葉に、椎名さんの表情が柔らかくなった。

ひょっとしたら椎名さんは、両親と会いに行った柚紀ちゃんが落ち込んで帰ってくるかともと思って、朝からレモンゼリーを作って準備をしていたのかもしれない。

その日の夜、私は春枝さんにふたりで話す時間を作ってもらった。

リビングのソファに座り、私が悩んでいることを打ち明ける。

「仕事はまだ休職状態なので、別の仕事をすることは厳しくって……まだ辞めるか復帰するかも決断できないんです。ごめんなさい。こんな中途半端で」

「ちよこちゃんの人生に関わることだもの。慎重になって当然よ」

それでも悩む間、なにもしない自分ではいたくない。休職して、約三ヶ月。休息ならもう十分にとれた。これからは私のための準備期間にしたい。

「それなら見学って形で仕事を見に来るのはどうかしら」

春枝さんの提案はありがたいものだけれど、見学に行くだけなんて、仕事の邪魔になってしまいそうだ。

「あの……お手伝いとして春枝さんに同行させていただくのって難しいですか？」

「でもそれじゃあ、ちよこちゃんはただ働きになっちゃうわよ」

「大丈夫です！　むしろ学ばせていただきたくて！　お願いします」

そんな自分都合なお願いを口にして頭を下げる。すると、春枝さんが私の手を取って微笑んだ。

「私はちよこちゃんが手伝ってくれると嬉しいわ。お試しで手伝ってみて、ちよこちゃんが仕事としてやりたいと思えたら、そのときにもう一度話しましょう」

「ありがとうございます！　私……春枝さんに色んなことをしてもらってばかりで」

シェアハウスに入ってから、助けられて支えられて、いっぱい優しさをもらってきた。それなのにこうして仕事のことまで面倒をみてもらって、頭が上がらない。

「……そんなことないわ。私は私のしたいことをしているだけだもの」

ほんの少し、春枝さんの声が弱々しくなった気がした。けれど表情はいつも通り穏やかでひだまりみたいに暖かい。

こうして私は、新たな一歩を踏み出せた。まだ先のことはわからないけれど、それでも心に光が差し込んだ。

六章　懐かしのハトムギ茶

『叔母さんから聞いたんだけど、柚のこと引き取ったの？』

数年ぶりに聞いた娘の声は、別人ように落ち着いていて硬い声だった。それと同時に、大人になったのだなと感じる。もっとこの子は感情的に話していた。

そう考えて我に返る。もうとっくに成人した大人だ。二十五歳で、ちよこちゃんと同い年。私の中で娘たちが、いつまでも子どものまま止まっているだけなのだ。

スマホ越しに菜樹南のため息が聞こえてくる。

『お母さん、柚にあんまり干渉しちゃダメだよ。中学生って、大人に色々言われるのを嫌がる時期なんだから』

「わかってるわ」

私のことを全く信用していないのねと声に出しかけて、口を閉ざす。信用しているはずがない。この子は、芹那に干渉する私を見てきたのだから。

『あと……芹那も私も元気だから、心配しないで』

「それなら、よかった」

『じゃあね』

電話はあっさりと切れてしまう。三人の娘と私の関係は良好とは言えない。

妹は私のことを娘三人立派に育てたと言うけれど、私が立派な母親だったのかというとそうではなかった。

長女の寿々（すず）は、第一子だったこともあり、私も夫も教育に力を入れた。将来に役立つかもしれないからと、ピアノにスイミング、書道と英会話を習わせて、家では料理も教えていた。友達と遊ぶ時間が少なくても不満を漏らさず、努力家な子だった。

次女の菜樹南は、運動は得意だけれど、英会話や書道などじっとしている習い事が苦手で、自分の嫌なことは口に出す子。外で友達と遊びたいからと言って、習い事を全てやめた。

三女の芹那は気が弱く、自分でなにかを決めるのが苦手な子。自分から率先してなにかをすることができず、心配性で心のバランスも崩しやすかった。

小学五年生のとき、芹那が学校に行きたくないと泣いていたことがある。友達の間で仲間外れにされたそうで、それで酷く傷ついていた。

『行きたくないなら行かなくていいんじゃないの』

菜樹南の意見に、過敏に反応したのが寿々だった。

『ちょっと喧嘩したくらいで、学校休むの？　そんなんだから逃げ癖がつくんだよ』

きつい物言いに『やめなさい』と注意すると、強気だったのが嘘のように寿々が顔を歪める。

『だってお母さん、私のときは熱がないなら学校行きなさいって言ったじゃん』

『……それは寿々がなんとなく行きたくないって言ったからでしょう』

『もういい』

寿々は泣いている芹那と寄り添っている菜樹南を睨みつけて、行ってきますも言わずに家を出て行った。

『今日先生のところに行って、事情を話してくるわ』

『ああ、それがいいかもしれないな』

私と夫の会話を聞いた菜樹南が顔を顰（しか）める。

『話大きくするのやめなよ。親が出て行くと余計に拗れるから』

『それならどうするの？　このままにしておけないでしょう』

芹那が学校に行きたくない理由が友達にあるのなら、本人と話して解決するか、先生を頼るしかない。このときの私は、そんな狭い考えしか思い浮かばなかった。

『芹那。学校へ行く？　休む？　それとも先生と話をしに行く？』

私が問いかけても、芹那はなにも答えない。視線を彷徨（さまよ）わせて、私や菜樹南の顔色をちらちらとうかがう。

『わ……私……』

　言葉が詰まって出てこない芹那の肩を菜樹南が軽く叩く。

『芹那、今日は私と一緒にいよっか』

『ちょっと、菜樹南だって学校があるでしょう』

『そんなことより、芹那の方が大事だよ』

　菜樹南は私たちの声なんて聞かず、芹那を連れて出かけて行った。

　ふたりが一日なにをしたのかはわからないけれど、夕方に家に帰ってきた芹那は笑顔を取り戻していた。

　今思うと、菜樹南が芹那の中の不安や悩みを聞いて、気分転換をさせてあげたのだと思う。このとき、娘たちについて気づけることはたくさんあったはずなのに。私は見落としてしまっていた。

　三人の関係を理解したのは、全員が成人を迎えて、夫が亡くなったあとだった。

『私、芹那連れてこの家出る』

　四十九日が終わった後、菜樹南が相談ではなく、決定したこととして私に報告してきた。

　芹那は大学生とはいえ、不安定でひとりにするのが心配になる。

　せめて社会人になってからの方がいいのではないかと話すと、菜樹南はこんな家に置いておけないと言った。

『お母さん、芹那が自分でなにも決められないのは、どうしてかわからないの？』

菜樹南の問いに私は答えが出ない。

『中学の私立も、高校も大学も、全部お母さんが決めたことじゃん。そこに芹那の意思はあった？』

『けど、芹那は嫌だなんて言ってなかったでしょう』

『今まで色んなことをお母さんが決めてきたから、芹那は自分で考えるってことができなくなってるの。自分の人生なのに、お母さんのロボットみたいだよ』

絶句した。芹那のことをロボットだなんて考えたこともない。だけど、菜樹南の指摘の通り、私は今まであらゆることを決めてきた。

むしろ決められないからこそ、こちらで道を示してあげるべきだと思っていたのだ。けれど、それをすることによって、芹那の選択肢を奪っていたのかもしれない。

『それに寿々ちゃんのこと、お母さんは気づいてないでしょ』

『寿々がどうしたの？』

僅かな沈黙が流れる。躊躇うように視線を彷徨わせたあと、菜樹南が意を決したように言葉を発した。

『私、昔から寿々ちゃんにたくさん嫌がらせされてきた』

『え？　待って、嫌がらせ？　寿々が？』

やっぱり気づいてないんだねと菜樹南が口元を歪める。

『小学四年生の頃、服を泥だらけにして帰ってきたのは、寿々ちゃんに突き飛ばされて田んぼに落ちたから。寿々ちゃんの物とったたって嘘つかれたり、お母さんに買ってもらったものを壊されたこともある。他にもたくさんあるよ』

『なんでそんなこと……』

寿々はずっと優等生だった。成績は常に優秀で、運動神経もいい。学校で特に問題を起こすこともなく、小中高と皆勤賞で真面目。

就職も有名な生活用品の企業に決まり、今はそこの人事部に配属されている。

確かに菜樹南たちと一緒にいるところはあまり見なかったけれど、嫌がらせをするほど拗れているとは思わなかった。

『寿々ちゃんは、自分だけ苦労させられてるって思ってる』

『どういうこと？』

『習い事もたくさんやらされて、いい成績を求められて、受験だってレベルの高い学校で、大変な思いをしているのに、私や芹那は甘やかされて見えるみたい』

特定の子を甘やかしているつもりなんてなかった。

寿々はしっかり者で、弱音を吐くこともない。だから習い事も学業に関しても、苦ではないのだと思っていた。でも本当は心の中に、様々な想いを溜め込んでいたのだろうか。

『私は習い事やめたけど、寿々ちゃんは〝やめさせてくれなかった〟って。自分ばっかり厳しくされてるって思ってんだよ』

寿々から見た私は、芹那ばかりをかわいがり、菜樹南を自由にさせているようだった。口に出してくれないとわからない、なんて言葉で片付けてはいけない。本当は聞くべきだったのだ。寿々に習い事をやめたいか、続けたいか。

『私がこの家を出ることができなかったのは、芹那を置いていくのが心配だったから。寿々ちゃんが今度は芹那をいじめそうだし』

私が思っている以上に、姉妹の確執は大きいようだった。

初めて知る事実は、あまりにもショックで、そしてずっと近くにいたのに子どもたちの抱えている問題に気づくことができなかった自分が情けない。

『私から、寿々に話をしてみるわ。だから』

『もう遅いよ』

菜樹南は笑みを浮かべながら、拒絶するように言った。寿々のことだけではなく、私に対しても、菜樹南は苛立ちを覚えているのだと感じた。

その日の夜、仕事から帰ってきた寿々がご飯を食べ終わったタイミングで、ふたりのことを話すことにした。

娘たちの関係を修復するのは難しいのはわかっている。けれど、家を出ることは事前に伝えておくべきだ。

『……菜樹南と芹那が家を出て行くことになったの』

『ふーん』

関心がなさそうな寿々の横顔を見つめながら、反応をうかがう。

なにを考えているのか、読み取れない。複雑な思いなのか、それとも離れることができて安堵しているのだろうか。

こうやって寿々が自分の思いを見せなくなったのは、私が理想を押し付けてきたせいだ。

『寿々もひとり暮らしをしたかったら、してもいいのよ』

社会人になった寿々は私から解放されたいかもしれない。そう思って告げた言葉だったけれど、寿々の表情が硬くなった。

『なにか聞いたんでしょ』

『え？』

『菜樹南と芹那が同じタイミングで出て行くってことは、一緒に住むんじゃないの』

家族の話をしているはずなのに、寿々からは嫌悪が滲み出ている。

『寿々……菜樹南や芹那となにがあったの？』

『なにがって』

　鼻で笑った寿々は、気怠げにソファに座った。足を組み、背にもたれかかるように深く座って、私に冷たい眼差しを向けてくる。

　今まで見てきた寿々とは別人のようだった。普段ソファに座るときは、足を組むこともだらけたように座ることもなかった。

『昔から合わなかっただけ』

『合わないって……本当にそれが理由なの？』

『そうだよ』

　それだけではない気がする。菜樹南が言っていた嫌がらせの内容を考えると、合わない以上の感情を抱いている。

『お母さんは、残念だろうね。かわいがってたふたりが出て行って、私が残るなんて』

『誰かだけを特別にかわいがっていたつもりはないわよ』

『嘘だよ。私、ずっと見てきた。菜樹南の我儘を許して、芹那にいつもつきっきりで、私には優しくなんてしてくれなかったじゃん』

　違うと即答できなかった。寿々に特別厳しくした気はないけれど、我儘を言われた記憶も、甘やかした記憶もない。

　私は寿々にとって優しい母親ではないのだと自分でもわかる。

『お父さんがいなくなったから家を出ようと思ってたし、私も近いうちに出て行くから』

『寿々、』

『その方がお母さんも気が楽でしょ』

　このままでは深い溝ができたまま、離れて行ってしまう。引き留めるように私は、寿々のもとに歩み寄る。

『……ごめんね。今までお母さんが寿々のこと傷つけてたのね』

『は？　今更そんなこと言われて喜ぶと思った？　馬鹿にしないでよ！』

　これまで反抗期が一切なかった寿々が、初めて私に対して声を荒らげた。立ち上がり、真正面から私を睨みつける。

『私はずっとしんどかった！　お父さんだけだよ。私のことを心配してくれてたの。お母さんは芹那のことばっかりで、私の就活だって全然親身になってくれなかった！』

　就活の話はしたことがあったけれど、寿々のやりたいようにやりなさいと伝えていた。

　私は寿々にとってそれがいいと思っていたのだ。もっとなにに悩んでいるのか、具体的なことを聞いて一緒に考えることを寿々は望んでいたようだった。

『なにそれ、お母さんの意見がないと就職先も決められないの？』

　聞こえてきた声に息をのむ。リビングの入り口に菜樹南と芹那がいて、血の気が引いていく。私たちの会話を聞いていたようだ。

芹那は今にも泣きそうな表情で、周りの顔色をうかがっている。一方菜樹南は、軽蔑するように寿々を見ていた。

『大学すら行かなかったあんたに馬鹿にされたくない！』

『進学がそんなに偉いの？　私は自分の意思で進学しなかっただけ』

『勉強したくなくて逃げただけでしょ』

『寿々ちゃんはいい大学出ても、人として最低じゃん』

目の前で繰り広げられる姉妹喧嘩を、私は呆然と眺めることしかできない。

菜樹南は思ったことを口にするタイプだけれど、寿々がここまで菜樹南に対して酷いことを言っているのを見たことはなかった。

『最低なのはお互い様でしょ。芹那も楽だよね。お母さんの次は、菜樹南の後ろに隠れて、面倒ごとは全部決めてくれるし。人に寄生して生きられるのって羨ましい』

『ご、ごめんなさ……』

目に涙を溜めている芹那を寿々は鬱陶しそうに眺める。そして『泣いたらなんでも思い通りになると思ってんの？』と口にした。

傷ついた表情で涙を流す芹那の元へ歩み寄りそうになり、私は動きを止める。こういうところを寿々は言っていたのだろう。

弱さをさらけ出せる芹那と、弱さを隠してしまう寿々。私はいつも、表面上の芹那の弱さにばかり寄り添っていた。

『いい加減にしてよ、寿々ちゃん。人にそうやって意地悪なこと言うの、いつまで続ける気なの』

『どうせもう私たちは会うことないでしょ。家出て行くんだから』

『だからって人を傷つけること言っていいわけ？』

ふたりの言い合いが加速していく。ソファのクッションが投げられ、床に敷いていたラグマットがずれる。近くの写真立てや花瓶に生けていた花が宙を飛び、ガラスが砕ける音がした。

家族が壊れていく。ヒビはとっくの昔に入っていて、一度崩れ始めたら止まらない。もう取り返しがつかない。

家族だからわかり合えるわけでないのだ。血が繋がっていても私たちはそれぞれ別の人間で意思がある。だからこそ相手を尊重しながら、気持ちを考えながら接するべきだった。だけど、今更自分の過ちに気づいても手遅れだ。

散々言い合いをしたあと、娘たちはそれぞれの部屋へ篭ってしまった。ぐちゃぐちゃになったリビングで呆然と立ち尽くす。

——お父さんだけだよ。私のことを心配してくれてたの。

寿々が抱えているものを夫は気づいていたのだろうか。ふと夫が生前、時々寿々とふたりで出かけたのを思い出した。

私と夫は休日に肥料や新しい植物を一緒に買いに行っていたけれど、私が土日も仕事が入るようになり、行けなくなってしまうことが多かった。そんなとき、夫は寿々を誘って車で出かけていたのだ。

ふたりが出かけた夜に夫が『寿々を専門学校に行かせるのもいいんじゃないか』と言っていたことがある。私は疲れていたこともあって、少々苛立ってしまった。

『寿々は今大学受験の大事な時期なんだから、思いつきでそんなこと言わないで』

『でも、寿々はネイルに興味があるみたいだよ。今日も自分の爪を綺麗にしてて、柄とかまで自分で描いたって言ってたんだ』

『ただお洒落をしていただけでしょう』

『寿々にはネイリストって選択肢もある気がするし、なにも絶対大学に行かせないといけないわけじゃないだろう』

年頃の女の子のお洒落を、夫は才能があり仕事として活かせると勘違いしたに違いない。私はそう思って、ため息を漏らす。

『ネイリストになりたいって、私は寿々から聞いたこともないわ。仕事にしたらなんて軽い気持ちで言わないで』

『……言えないんじゃないかな』

『寿々は自分の意見をはっきり言う子だから、なりたいならそう言っているはずよ』

夫は納得していないようだったけれど、それ以上はなにも言ってこなかった。

もしかしたら、あのとき決めつけるように話す私を見て、夫は寿々のことを相談するのを諦めたのかもしれない。

割れた花瓶の破片を踏まないように気をつけながら、窓の方へ歩みを進めていく。

鍵を開けてウッドデッキに出ると、緑の匂いがした。

あの人が大事に育てていた庭を、これからは私ひとりで育てていくことになる。

話上手な人ではなかった。朗らかな人だったけれど、不器用で物を作るのは苦手。それでも植物は丁寧に真心を込めて育てていた。

私はハーブの育て方ならわかるけれど、野菜は夫に任せきりだった。

もっと聞けばよかった。野菜のこと、娘たちのこと、あの人はどう考えていたのだろう。

遠くへ行ってしまう前に、貴方に相談したかった。

目を閉じると、懐かしい声が鮮明に蘇る。

『野菜、育ててみたいんだ』

まだ寿々が幼稚園児の頃、私たちはこの家に引っ越してきた。夫があまりにも真剣に話があると言うのでなにかと思えば、新居の庭で野菜を作りたいという相談だった。

私は笑いながらそれを了承する。ちょうど私もハーブを育てたかったので、休日に一緒に土作りから始めた。

まずは土を篩にかけて、小石や雑草の根、虫などを取り除いて、ふわふわな土を作っていく。この作業は水捌けをよくするためと、根を成長させるためにとても大切だそうだ。けれど思っていたよりも土は重たくて、篩にかけてもなかなか落ちてくれない。ふたりして筋肉痛になるほどだった。

幼い寿々は種を植えたことで愛着が芽生えたらしく、成長を待ち遠しそうにしていた。

小さなトマトが実ったとき、寿々は一日のうちに何度も実を眺めては目を輝かせていた。けれどたくさん実らせるために、一番果は小さいうちに摘み取ることになると告げると、珍しく寿々が駄々をこねたのだ。

瞳に大粒の涙をいっぱい溜めながら、『取ったらどうなっちゃうの』と聞く姿は、子どもながらに、捨てられてしまうことを察しているようだった。

『美味しいトマトを育てるためなんだよ』

夫と私で何度も説得して、不貞腐れながらも寿々は頷く。小さなトマトを摘み取ると、一日中寿々は青いトマトを手の中に大事に抱えて離さなかった。

寿々が小学生になると、だんだんと野菜を育てるのを手伝うことはなくなっていったけれど、代わりに菜樹南や芹那が手伝うようになり、娘たちは夫が収穫した野菜を食べて育ってきた。

この庭には家族の思い出が詰まっている。振り返ると、リビングには物が散乱していて、家族写真は床に落ちていた。

あの頃はもう戻らないのだと、痛感して頬に生暖かい涙が伝い、力なく座り込む。

私ひとりで、どうやって立ち上がったらいいのかわからなかった。

いつも手を差し伸べてくれた人が、もうどこにもいない。それでも声を上げて泣くことはできず、自分の足で立てるようになるまで待つことしかできなかった。

そうして二ヶ月後。娘たちは全員、この家から出て行った。

私は広い一軒家で、ひとりぼっちになった。


「――さん」

誰かが私を呼ぶ声がする。これは誰だろう。声は寿々よりも低くて、菜樹南よりも高い。

芹那よりも声は大きい。

「春枝さん、風邪引いちゃいますよ」

目を開けると、ちよこちゃんが傍に立っていた。どうやらソファで眠ってしまったみたい。

長い夢を見ていたせいか、首から肩が凝ってしまった。

「居眠りなんて珍しいですね」

「お湯が沸くのを待っている間、ソファに座ったら寝ちゃったわ。今朝いつもより早く起きたせいかしら」

「あ、私もう一度沸かしてきます！」

素早くキッチンの方へ向かったちよこちゃんの姿を目で追う。ここに入居したばかりの頃よりも、ちよこちゃんは明るくなった。きっと今の彼女が本来の姿なのだろう。

実咲ちゃんの紹介で、ここへ来たちよこちゃんは表情が暗く、笑みを見せてくれてもどこか寂しげだった。その姿が、この家を出て行く日に見た菜樹南に重なって見えた。

『じゃあ、元気でね』

微笑んではいるものの、もう二度と会うことがないかのような諦めと寂しさを宿した瞳。実家に帰ってくる気はないのだと、そのとき悟った。

私は寿々だけではなく、菜樹南の苦しさも見落としてしまっていたのだ。

そして菜樹南とちよこちゃんの表情が似ていたというだけで、躊躇っていたちよこちゃんに私は少々強引に入居を勧めてしまった。

――ここは疲れた人たちが休む場所だから。

事情がある人たちを迎え入れるシェアハウスは、娘たちの傷に気づけなかった私の償いの場のようなものだった。けれどそれは自己満足でしかなくて、こんな私のことを知られてしまえば、ちよこちゃんも椎名くんも、柚ちゃんも幻滅するかもしれない。

「春枝さん、お湯沸きました！　なに淹れるんですか？」

「今日はハトムギ茶にしようかしら」

ソファから立ち上がろうとすると、ちよこちゃんが「私が用意をするので座っていてください」と言ってくれた。今は甘えさせてもらうことにする。

「ハトムギ茶って私飲んだことないです」

「あまりクセもなくて、飲みやすいと思うわ。それにお肌にもいいのよ」

肌荒れを改善したり、滋養強壮の効果もあると言われている。そして、まだ子どもがいなかった頃に、夫が私のために初めて淹れてくれたお茶だった。だから私にとって、ハトムギ茶は思い出のお茶なのだ。

「優しい香りですね」

ハトムギ茶を注いでくれたカップを、ちよこちゃんは私の目の前のテーブルに置いた。澄んだ薄い茶色をしていて、湯気が立ち上っている。

「そうね。麦茶よりも香りはあるけど、きつくもなくて、ほっとするような香りだわ」

ふたりで並んでソファに座りながら、ハトムギ茶をひと口飲む。ほんのりとした甘みと香ばしさが広がった。こうして温かいうちに飲むのが一番美味しい。

「美味しいです！　なんかちょっととうもろこし茶の香ばしさを思い出しますね。こっちの方が柔らかい味ですけど」

ハトムギ茶を飲みながら、夢中になって話しているちよこちゃんを眺める。

娘たちとも一緒にお茶をするような関係になれたらよかった。叶わない夢を見るように、私は目を伏せる。

「そうだわ。取り寄せしたお菓子があるの。一緒に食べましょう！」

先週の五月の終わりに迎えた自分の誕生日。もうお祝いなんてするような歳ではないけれど、自分へのご褒美としてかわいらしいお菓子を取り寄せした。

棚の中から取り出した青い缶を開けると、ちよこちゃんが目を輝かせた。

「わあ！　かわいいですね！　すごく豪華！」

鳥や花、リボンの型でくり抜かれたクッキーや、薄ピンクや黄色のメレンゲなどが缶の中に敷き詰められている。

かなり凝ったデザインで、一つひとつのクッキーに細かい装飾がカラフルなアイシングで施されていた。説明書を読むと、メレンゲも色によって味が異なるらしい。

「さ、ちよこちゃんどれでも好きなのを選んで」

「こんなにかわいいお菓子もらっちゃっていいんですか？」

「いいのいいの！　クッキー生地にはハーブが練り込まれているんですって」

最近味覚が戻り始めたちよこちゃんは、食べることにも抵抗がなくなってきているようだ。食べる量はまだ少なめだけれど、食事中に笑顔が増えた。

「ありがとうございます。じゃあ、私はこの鳥のクッキーいただきます」

「私は花にしようかしら」

しっとりとしたクッキーで、お砂糖の甘さと練り込まれたハーブの風味が口の中に広がる。

「ミントの風味がして美味しいです！」

「私のは、ラベンダーっぽかったわ。甘さもちょうどいいわね」

嬉しそうなちよこちゃんの姿に頬が緩む。買ってよかった。あとで椎名くんと柚ちゃんにもお裾分けをしようかしら。

自分のために買ったお菓子だけれど、ひとりで食べるには多すぎる。以前だったら夫や娘たちと分け合って食べていた。でも、もうそれも叶わない。

自分の誕生日なんて、こだわる必要はないと思っていたけれど、それでもお祝いをしてもらえた過去のことを思うと、物寂しく感じるものだ。

そういえば夏にはちよこちゃんの誕生日がくる。お祝いをしたら喜んでくれるだろうか。

「春枝さんは、娘さんと頻繁に連絡を取ったりしますか？」

「え？」

ひやりと氷が背筋に伝ったような感覚になった。

「実は母から連絡が来てるんですけど、返事ができていなくて。親としては子どもには定期的に連絡してほしいものなんですかね」

表情を崩さないように心がけながら、言葉を探す。私にちよこちゃんの悩みに寄り添う資格があるのだろうか。

「……連絡が来るのは嬉しいことだと思うわ。だけど、ちよこちゃんがどうしたいのかが一番なんじゃないかしら」

「私は……今はまだ連絡したくないです」

彼女の返答に胸が痛むのは、勝手に重ねてしまっているからに違いない。それにきっと娘たちも、私と距離を置きたくて連絡しないのだろう。

「親に縛られる必要なんてないわ。ちよこちゃんの人生だもの」

そう娘たちに言えていたら、未来は変わっていたかもしれない。

「ありがとうございます」

ちよこちゃんが、ほっとしたような表情になる。

「春枝さんって、娘さんが三人いるんですよね？　春枝さんみたいなお母さんがいるって羨ましいです」

「そんなことないわ」

即答する私にちよこちゃんは面食らったように、薄く口を開いたまま固まった。

やってしまった。もっと自然に返すべきだったのに。避けていた部分に触れられると、自分の感情をコントロールするのが難しくなる。

「娘たちとあまり関係がよくないの」

「……そうなんですか？」

「意外？」

「えっと……はい。春枝さんなら娘さんたちとも仲がいいのかなって思って」

ちよこちゃんの視線がハトムギ茶のカップへ落ちる。私を慕ってくれている彼女にとっては、ガッカリすることだったかもしれない。

「ダメな母親だったから、愛想尽かされちゃったのよ」

「春枝さんすごく優しくて面倒見もよくって、家事も完璧ですし、全然ダメなとこなんて見当たらないです！」

熱心に私のことを褒めてくれるちよこちゃんの眩しさから逃れるように、私は視線を落とす。

「ちよこちゃんが聞いたら驚くくらい、子どもの気持ちを考えない母親だったの」

私が幸せな日々だと思っていた時間は、子どもたちにとって苦痛な日々だった。

習い事や、成績、姉妹仲、あの子たちの悩みは溢れんばかりにあって、だけど母である私は打ち明けられるほど頼れる存在でもなかったのだ。

「幻滅したでしょう」

苦笑すると、ちよこちゃんは首を横に振った。

「そんなことないです」

「でも私がこのシェアハウスをしてるのは、娘たちにできなかったことをするための自己満足みたいなものなの」

「春枝さんがどんな理由で、シェアハウスをしたとしても、この場所があったから救われた事実は変わらないです」

真っ直ぐに私を射抜く眼差しから、今度は目を逸らせなくなる。

「椎名さんも、柚紀ちゃんも、みんなきっと春枝さんに出会えてよかったって思ってるはずです」

ちよこちゃんは優しいから、私が気に病まないようにしてくれている。その温かさに浸ってしまいたくなるけれど、私の犯した罪は消えない。

「それに人ってずっと傷つき続けているとは限らないと思うんです。えっと、その、なにを言いたいかって言うと……娘さんたちの今の気持ちは、本人にしかわかりません」

表情や話し方から、私を励まそうとしているというよりも、必死に言葉を尽くして伝えようとしてくれている。そんな気がした。

気を遣わせているとか、そんな受け取り方をやめて、私は真剣にちよこちゃんの言葉に耳を傾ける。

「もちろん消えない傷もあると思います。だけど、たとえ春枝さんが原因で娘さんたちが傷ついたことがあったとしても、必ずしも今が不幸とは限りません」

今、あの子たちがどんな人生を歩んでいるのか、私は知らない。
それなのに私は、今も傷ついて不幸なのではないかと頭のどこかで思っていた。

「私も、たくさん苦しいことがありましたけど、今は不幸じゃないです。それに幸せになるか、不幸なままでいるかは、自分次第でいくらでも選択できる気がするんです」

その言葉によって気づかされる。溜め込んだ感情を吐き出して喧嘩をしていた寿々と菜南も、怯えて泣いていた芹那も、今は自分なりの幸福の形を見つけているかもしれない。自分の行いを反省するべきだけど、娘たちのことを決めつけてはいけない。

「ありがとう、ちよこちゃん」

「あ……ごめんなさい！　偉そうなこと言っちゃって！」

「ううん。そんなことないわ。それに私もシェアハウスをしてよかったわ。ちよこちゃんたちに出会えて幸せだもの」

始まりの感情は、娘たちへの罪悪感や、寂しさからだったとしても、それでも今は別の感情も含まれている。

柚紀ちゃんがいて、椎名くんがいて、ちよこちゃんがいる。このシェアハウスは穏やかで温かで、私にとって大切な居場所。

次の仕事の打ち合わせが終わり、久しぶりに陽が沈む頃に家路を歩く。仕事をセーブし始めてからは明るい時間帯に帰れることが多くなっていた。

武蔵野市にあるけやきコミュニティセンターは、名前の通りけやきの木に囲まれていて、深い緑の葉によって影を落とす。

日中も薄暗く感じることが多いけれど、この時間帯だけは幻想的な光景になる。陽が傾いたことによって、低い位置から差し込んだ琥珀色の光がコミュニティセンター全体を覆う。まるで光のシャワーのようで、立ち止まって見惚れた。

思い出のアルバムを捲るように、懐かしい日々に思いを馳せる。

娘たちがまだ幼い頃、この場所を一緒に歩いたことがあった。

菜樹南はアイスが食べたいと駄々をこねて、寿々がそれを叱っていると、芹那が転んでしまったのだ。泣きじゃくる芹那を、菜樹南と寿々は必死に慰めていた。

私が芹那を抱き上げると、涙がピタリと止まり、身体を預けてくる。それを見た菜樹南と寿々はほっとしたような表情をしていた。

『アイス、買って帰ろうか』

菜樹南が『やったー！』と声を上げてはしゃぎ、寿々は口元が緩んでいる。芹那は目がキラキラとしていた。あの頃は、まだ子どもたちの関係は悪くなかったように感じる。

西日が沈み、空が夜の色へと変化する。気温が下がり冷えた風が吹くと、思い出が霧散していく。我に返った私は、再び歩みを進めた。

玄関のドアを開けると、賑やかな声がここまで届いてくる。ちよこちゃんと柚ちゃんかしらと思い、靴を脱ごうとすると、見知らぬネイビーのハイヒールが視界に入ってきた。ちよこちゃんはかかとが低めの靴を履くので、彼女ではなさそうだ。実咲ちゃんかと一瞬思ったけれど、ヒールは苦手だと言っていたのを思い出す。

「ただいま」

リビングの方から足音が近づいてきた。

「おかえりなさい！」

明るい声で出迎えてくれたのは、ちよこちゃんだった。少し離れたところから柚ちゃんともうひとりの声がする。この声には聞き覚えがある。

「ちよこちゃん、もしかして……」

「春枝さんの娘さんが来てますよ！」

どくんと心臓が跳ねた。手のひらには汗が滲み、膝が震えそうになる。あれからあの子がここへ顔を出すことはなかった。なにかあったのだろうか。

嬉しさと不安が混ざって、緊張が押し寄せてくる。

ちよこちゃんの後に続いて、リビングへ入った。ソファに座っていた菜樹南が柚ちゃんと楽しそうに笑っている。

「……菜樹南」

私の声が聞こえたのか、視線が集まる。菜樹南はぎこちなく笑みを浮かべて、軽く私に手を振った。

「おかえり、お母さん」

数年ぶりの言葉に、目の奥が熱くなる。もう二度と優しく声をかけてくれることなんてないと思っていた。

菜樹南の髪色は暗くなり、メイクも薄くなっている。たった数年会わなかっただけだけれど、以前よりも雰囲気が落ち着いた。時が流れているのだなと実感する。

「春枝伯母さん！　おかえり！」

こんなにも無邪気な柚ちゃんを見るのは、小学生以来だ。菜樹南に懐いていたので、会えたことが相当嬉しいのだろう。

「ただいま」

「なっちゃんがね、うさぎのおまんじゅう買ってきてくれたよ！」

「ありがとう。菜樹南」

テーブルに置かれている箱を見やる。そこには筆文字でうさぎまんじゅうと書かれていた。

夫と私の好物で、休日はこれを食べてウッドデッキでゆっくりと過ごす。それが私たちのかつての日常だった。

「なっちゃん、そのお茶好きなんだね。もう三杯くらい飲んでない？」

柚ちゃんの言葉に、菜樹南が「実家にいたときよく飲んでたからかも」と話す。グラスの中は薄茶色で、なんのお茶なのか察した。

我が家で麦茶や緑茶の代わりに飲んでいたのが、ハトムギ茶だった。だから菜樹南にとっても慣れ親しんだ味なのだろう。

「晩ご飯食べていく？」

「いや、そろそろ帰るよ。柚の顔も見れたし」

立ち上がった菜樹南と視線が交わる。なにか話したそうな気がして、私は駅まで送ることにした。ちよこちゃんたちに断りを入れて、菜樹南と共に家を出る。

空はすっかり暗くなっていて、三日月が浮かんでいた。

夜道をふたりで歩きながら、どう言葉をかけたらいいのかと悩む。仕事のこと、日常のこと、芹那のこと。話題はたくさんあるけれど、どれも菜樹南が嫌がるかもしれない。

「今日、柚のこと心配で見にきたんだ」

「……そうだったのね」

「頬の傷、叔父さんと喧嘩してできたんだって？　柚が叔父さん蹴っ飛ばしたとか聞いて一瞬誰の話？ってなっちゃったよ。柚も色々大変だったんだね」

柚ちゃんの家で起こった出来事を本人の口から聞いたらしい。明るい子だったけれど、親に反発することはなかったので、菜樹南が驚くのもわかる。

「思ったよりも元気そうだったけど。でも……多分私の前だからかな」

少し前なら、柚ちゃんは無理をしていただろう。

昔の自分を知っている大好きな菜樹南の前では、明るく振る舞って心配をかけないようにしていた気がする。けれど今のあの子は違うように思えた。

「最近、柚ちゃん少しずつ明るくなってきたのよ」

「そうなの？　ならよかったけど」

柚ちゃんなりに自分の足で前に進もうと頑張っている。前までは言い返すことすら諦めていた父親に一生懸命気持ちを伝えたのは、かなり勇気がいることだったはず。

頭に血がのぼった父親に頬を叩かれて、柚ちゃんが蹴り返したのを見たとき、開いた口が塞がらなかったけれど、私は内心スカッとしてしまった。

「それに菜樹南と会えて嬉しかったから、はしゃいでいたんじゃないかしら」

「家出て行く前に、柚になんの連絡もしなかったからなぁ。驚かせちゃったよね」

菜樹南と街灯に照らされた夜道を歩くのは不思議な気分だ。一緒に住んでいたときも、こんな風に夜に外を歩くことなんてなかった。

菜樹南は日付が変わるほど遅い時間に帰ってくることが多くて、私とゆっくり話すこともほとんどなく、日常会話を少しする程度。家に寄りつかなくなったのは、大人になったからという理由だけではなく、家族と距離を置きたかったからだろうか。

「てか、シェアハウスしてるなんて初めて知ったよ」

「ご縁があって始めたの。あの家は私ひとりじゃ広すぎるから」

私も最初はシェアハウスという形になるとは思わなかった。

ストーカーに悩まされていた椎名くんに声をかけて、柚ちゃんと三人で暮らし始めて、実咲ちゃんの紹介でちよこちゃんと知り合った。

たとえ他人でも、安らげる居場所になることもある。血の繋がった家族の居場所を作れなかったのに、皮肉なものだなと胸が痛んだ。

「お母さんが前よりいきいきしててよかった」

「そう？」

「うん。なんか楽しそう」

今の生活は充実している。過去への後悔は消えずに残っているけれど、仕事もあって、家に帰れば柚ちゃんたちがいて、休日は料理をしたり、一緒にハーブを育てたりする。穏やかで優しくて、温かな日々。

「……電話で酷い言い方してごめん」

柚ちゃんにあまり干渉しない方がいいと言っていたことだろう。

「心配するのも当然よ」

公園の前辺りにたどり着くと、菜樹南が「お母さん」と私を呼んだ。振り返ると、深刻そうな表情で私を見つめている。

「私、あの頃家の中で起こること全部お母さんのせいにしちゃってたんだと思う。寿々ちゃんの嫌がらせとか、芹那が優柔不断なところとか」

「私のせいよ。言われるまで、大事なことに気づけなかったんだから」

芹那が小学生になった頃は料理研究家のアシスタントとして仕事を再開して、平日の料理教室の手伝い以外にも、メニュー撮影のために休日も出かけることが多かった。

そして娘たち全員が中学校を卒業したあとは、独立のために忙しくしていた。私は自分の仕事ばかりに目を向けて、娘たちへの配慮が足りていなかったのだ。

「お母さんだけのせいじゃない。……私たち全員のせいだよ。みんな、他人任せなところがあって、伝える努力もしないで勝手に期待して理想を押し付けてた」

必死に想いを伝える姿は今にも泣き出しそうに見えて、手を伸ばして抱き寄せたくなってしまう。そんなことをしたら、子ども扱いしていると呆れられるだろうか。

「あのとき、お父さんがいなくなって寂しい思いと、それまでため込んだ不満が爆発したんだ。寿々ちゃんのことは、今もまだ許せないけどさ」

娘たちだって父親を亡くして心にぽっかりと穴が開いたはずだ。

寂しいのは私だけではなかったのに、あのときはぶつけられた感情にただ戸惑うだけでなにもできなかった。

「寿々ちゃんは？　帰ってくることある？」

「ないわね。連絡もこないわ」

寿々になんて声をかけたらいいのか、私は今もまだわからない。

「寿々ちゃんは意地っ張りだからさ、自分から歩み寄れないいんじゃないかな。だからお母さんから連絡してあげたら？」

「……嫌がるんじゃない？」

「嫌がられたらやめればいいよ。まあ、お母さんが寿々ちゃんと話したくなければこのままだっていいとは思うけど」

家族だからとか、そういう鎖に縛られず、私が寿々とどうなりたいのかを考えてみる。

寿々への期待が、あの子を苦しめていて、甘えさせてあげることができなかった。

『お母さん！』

小学五年生の頃、家に帰ってきた寿々が珍しくはしゃいだように私の元へ駆け寄ってきたのを今でも鮮明に覚えている。手には綺麗にラッピングされた袋を持っていて、それを誇らしげに私に渡す。

袋を開けると、薄紫の小花のエプロンが入っていた。おそらく藤の花だ。私の誕生日の五月に見頃を迎えるので、一番好きな花だと話したことがある。そしてメーカーのロゴマークには見覚えがあった。寿々のお小遣い五ヶ月分の値段はするだろう。

『誕生日、おめでとう！』

あのとき、お礼を言うだけじゃなくて抱きしめればよかった。お小遣いを貯めてまで買ってくれた寿々の愛情を、もっと丁寧に受け止めていればよかった。

そういった私の不足している言葉や行動によって、寿々は少しずつ心を閉ざしてしまったのかもしれない。

「……寿々に連絡してみるわ」

「うん」

いきなり私から連絡しても、困惑させるだろうか。だけど、このままなにもせず、後悔だけを引きずってはいたくない。

「あとさ、廊下に飾ってあった絵、芹那のでしょ」

「あの子が昔描いてプレゼントしてくれたの。せっかくだから飾っておこうと思って」

描かれているのは藤の花で、芹那らしい繊細なタッチ。寿々と同じで、私が好きだと言ったから誕生日に描いてくれたのだろう。

「きっと喜ぶよ」

そうかしら、もう忘れているかも。そんな言葉が頭を過って、胸がちくりと痛んだ。過去に留まって、思い出に縋っているのは自分だけのような気がする。

「ねえ、お母さん」

優しい夜風が吹いていく。もうじき夏を迎えるからか、今夜は少し暖かく感じた。

「誕生日、おめでとう。……ちょっと遅くなっちゃったけど」

まさか覚えているとは思わず、言葉が出てこなかった。

子どもたちが大人になってからはプレゼントを渡し合うことはなくなっていったけれど、家族の誕生日にはケーキを買って食べていた。

ホールだと残ってしまうから、それぞれが好きそうなケーキをワンピースずつ。それが我が家の誕生日の過ごし方。

だけど子どもたちが家を出て行ってからは、それも一切なくなったのだ。

「ありがとう」

視界が滲まないように涙を堪える。菜樹南の姿を目に焼き付けておきたい。

「それとさ、年末は芹那と帰ってきてもいいかな」

「え……もちろんよ！」

「ごめん。あんなこと言って、出て行ったくせに」

家族の関係が修復されたわけではないけれど、それでも私たちなりに時間をかけてゆっくりと新しい形を作っていきたい。

「あの家で、待ってるわね」

菜樹南が顔を綻ばせる。太陽のような眩しい笑みに懐かしさを感じた。笑った顔は昔から変わらない。

ずっとうだうだと悩んでいたことが吹き飛んで、私は両腕を伸ばす。そして思いっきり、抱きしめる。

「まだ言えてなかったわ。おかえり、菜樹南」

微かに震えながら菜樹南が私の背中に手を回した。

「……うん、ただいま」

遠回りして傷つけ合いながら、私たちは親子でも別々の人間なのだと痛感した。考えも、痛みも、歩調も違っていて、これから先歩く未来も異なる。それでもあの家がふとしたときに立ち寄れる場所であってほしい。

菜樹南と別れた後、寿々にメッセージを送ってみた。ちょうど来月寿々の誕生日なので、一緒に食事でもどうかと誘ってみる。返信がどうくるかはわからない。ひょっとしたら忙しいと断られるかもしれないと覚悟しておこう。

「柚紀ちゃん、火強すぎるよ！」

「ちよこちゃん、どうしよう。卵半熟じゃなくなっちゃう！」

キッチンの方からは賑やかな声が聞こえてくる。今夜はちよこちゃんと柚ちゃんで、オムライスを作ってくれるらしい。

私はリビングのソファに座ってのんびりしていてと言われたけれど、見守っていた方がいいのか迷う。そういえば、柚ちゃんって料理がすごく苦手なのよね。

「待って、柚紀ちゃん！　そんなことしたらスクランブルエッグになっちゃうよ！」

「春枝伯母さん助けて！」

慌てている声を聞きながら、ふふっと笑ってしまう。

ソファから立ち上がろうとしたときだった。スマホに通知が入り、振動する。相手の名前に目を見開いた。

【土曜日なら大丈夫】

たった一行だけど、寿々なりに踏み出してくれたような気がして、液晶画面を指先でなぞる。寿々が好きなお肉が美味しいお店を予約しよう。

「春枝さーん！　早く来てください！　オムライスが大変なことになっちゃいます！」

「はいはい、ちょっと待っててね」

寿々に返事を打ってから、私はキッチンへと向かう。心が晴れやかで、ほんの少し足取りが軽くなった気がした。

七章　まどろみハーブティー

『春枝さんのアシスタント!?』

電話で伝えると、実咲は驚きの声を上げた。

「アシスタントって言っても、見学とちょっとしたお手伝いって感じなんだ」

仕事を辞めるか、続けるかを迷っている私のために春枝さんがしてくれた提案。

いつまでもこのシェアハウスでのんびりと暮らせていたら幸せだけど、ずっと目を逸らし続けるわけにもいかない。

「なにか気を付けることあるかな？　あとこれはした方がいいとかもあったら、教えてほしいの」

そうだなぁと実咲が考え始める。

『周りをよく見て、なにが必要かを判断していくのが大事かな〜。最初は春枝さんの指示を聞きながら、手が空いたらお皿洗いとか片付けを素早くこなしていくのがいいかも。結構洗い物溜まるんだよね』

　聞きながらペンでノートにメモをとっていく。お皿洗いや片付けなら難しそうではない。周りを見ながら動くのは、初日は逆に足を引っ張る可能性があるので、きちんと春枝さんに確認をとりながら行動しよう。

『あと春枝さんはちゃんと味付けをする人だから、撮影し終わったメニューはラップをかけておいた方がいいかな』

「ちゃんと味付けって？」

『料理撮影だと、時短のために味付けはせずに作る人もいるんだ』

「え、そうなの!?」

『でもそれをすると捨てることになっちゃうから、春枝さんはそれならスタッフの人たちで食べてもらいましょうって。だから毎回みんなで休憩のときにつまむ感じなの』

　食べ物を無駄にしないようにしていると聞いて、春枝さんらしいなと思う。食との向き合い方に誠実さを感じる。

『いきなりシェアハウスに住んで、ちょこ大丈夫かなって心配だったけど、元気そうだね。前より声も明るい』

　心の傷は、少しずつ緩やかに癒え始めている。人の優しさに触れて、呼吸がしやすくなって、味も戻ってきた。

「……うん。みんないい人たちばっかりなんだ」

『そっか。紹介してよかった！』

「本当にありがとね、実咲」

実咲の紹介があって、あのときこのシェアハウスで春枝さんと出会うことができたから、今の私がいる。だから、すごく感謝している。

「またなにかあったら連絡して！　あ、なにもなくても、いつでも話聞くよ」

「ありがとう！　今度お茶でもしよう」

電話を切って、ベッドの上に寝転ぶ。心音がいつもよりも速い気がする。この落ち着かない感じは嫌じゃない。心が弾んでいるような感覚だ。

「そっか、私……楽しみなんだ」

明後日は春枝さんの仕事の付き添い。遠足前の子どもみたいで、ちょっと恥ずかしい。だけど決して浮かれすぎず、気を引き締めて現場でたくさん吸収したい。

二日後、普段よりも早く起きて忙しい朝だった。

スーツなど堅い服装ではなく、カジュアルでいいと春枝さんが言っていたので、できるだけ動きやすそうな格好を選んだ。

部屋にある姿見に映る私は、黒のショートシャツにコーラルオレンジのスキニーを合わせて、髪は後ろでポニーテールにした。

アイシャドウもほんのりとのせただけで、全体的に化粧は薄い。以前の私だったら、あまりしなかった格好だ。

だけど化粧を完璧に施して、スーツに身を包んでいた自分よりも、今の方が表情も明るく見える。

「ちよこちゃーん！　そろそろ行きましょうか」

廊下の方から春枝さんの声が聞こえてくる。

「はーい！」

黒いリュックを背負ってから、鏡の前でニッと笑ってみる。

私、今の自分が結構好きかもしれない。


春枝さんに連れられてやってきたのは、新宿にあるマンションだった。予想外の場所にキョロキョロと辺りを見回す。

「今回撮影する企業が、キッチンスタジオとして一部屋借りているの」

「そうなんですね。会社で撮影するのかと思ってました」

「食品系の会社は、専用のキッチンを持ってるところも多いわ。だけど、メニュー開発の試作でバッティングすることもあるから、こうして部屋を借りているみたい」

私が今まで知らなかった世界の話で、興味深くておもしろい。

エレベーターで三階に到着すると、春枝さんが玄関のドアを開ける。

既に靴が三足ほど並んでいた。廊下を直進して、奥の部屋へ足を踏み入れた。大きいダイニングテーブルと、食器棚があるだけで、あとは家具が一切ない。

左側はキッチンのようで、女性二人が作業をしていた。全員オフィススタイルなので、おそらくは企業の人だ。

「おはようございます」

春枝さんが挨拶をすると、キッチンにいる二人が明るい声で挨拶を返す。

「おはようございますー！　本日はよろしくお願いします！」

春枝さんが振り向き、私に目で合図を送ってくる。一歩踏み出して、二人に自己紹介をした。

「アシスタントの加瀬ちよこです。よろしくお願いします」

「浜口さんからお話はうかがっています！　よろしくお願いします！」

二人からそれぞれ名刺を受け取って、名前を覚える。

ショートカットの活発そうな印象の女性が今回の責任者の長谷(はせ)さんで、スケジュールに関してはこの人と相談すると聞いている。

ヘアクリップで髪をまとめていて、赤いエプロンを着ている女性が植木(うえき)さん。この人が今年入社して、新しく担当になったと春枝さんが言っていた。

「そんなに気負わなくて大丈夫よ」

こそっと春枝さんが耳打ちをして、緊張をほぐすように笑いかけてくれる。

「はい……！」

失敗がないように気を引き締めるのは大切だけど、視野が狭くなってしまわないように、一度深呼吸をする。春枝さんが空気を切り替えるように軽く手を叩く。

「さ、準備に取り掛かりましょうか！」

水道で手を洗って、本日のメニューが書かれた紙を並べていく。

オレガノとチキンのトマト煮込み、パセリのポタージュ、バジルのスパニッシュオムレツ、ハイビスカスとオレンジジュースを使った夕暮れティー。

春枝さんの指示に従いながら、冷蔵庫から食材を出していく。

「加瀬さんと浜口さんって一緒に住んでいるんですよね？」

器具を準備してくれていた植木さんに声をかけられる。

「はい。春枝さんの家の一部屋をお借りしてます」

「わ～いいなぁ。シェアハウス憧れるんですよね～」

目をキラキラと輝かせながら話している姿を見て、自然と頬が緩んだ。

「楽しいですよ。人と一緒に生活するって、最初はちょっと不安だったんですけど。でも暮らしてみると、ひとりじゃないっていいなって思うようになったんです」

家に帰ると誰かがいてくれて、みんなでご飯を食べたり、ハーブティーを飲んだり、たわいのない会話をする。そんな日々が、今は宝物みたいに感じる。

植木さんの視線が向いていることに気づき、我に返った。

「すみません、つい真面目に話しちゃって」

「いえ！　本当に楽しいんだなって思いました」

くすぐったい気持ちになって、春枝さんがいるダイニングテーブルの方を見やる。すると私を見て、嬉しそうに微笑んでくれていた。私たちの会話を聞かれてしまったみたいで恥ずかしい。

「加瀬さん、わからないことあったら気軽に聞いてくださいね！　私もまだわからないことだらけですけど！」

「植木さんはそろそろ覚えて！」

「え、立ち聞きしないでくださいよ！」

「声がでかいんだって」

長谷さんに突っ込まれて、思わず笑いが漏れてしまう。

植木さんは明るくって、ムードメーカーだ。初めて会う人たちとうまくやれるか不安もあったけれど、それが綺麗に溶けるように消えていく。

「春枝さん、食材の準備終わりました！　他になにかありますか？」

業務に関する緊張はまだ残っているけれど、後ろ向きなものではない。私にできることをひとつずつやっていこう。

その後、カメラマンさんとコーディネーターさんたちが到着し、マンションの前に停めた車から玄関先まで、往復して荷物を運び始めた。どうやら機材や小道具などがたくさんあるらしい。

「これ運びますね」

玄関先に置いてあった黒い大きな袋に入った重たそうな荷物を、春枝さんが軽々と持ち上げる。

「あの、春枝さん私が運びますよ！」

「大丈夫よ。私、日々鍛えてるから」

いつも通りの穏やかな笑みとは似つかわしくない大きな荷物を、颯爽と運ぶ春枝さんの後ろ姿を呆然と見つめる。

「浜口さん、力持ちなのよね。あれ、私だったらあんなに軽々と運べない」

長谷さんの言葉に、植木さんが頷く。

「初めての撮影のとき、私がそんなに重くないかな～って思って持ってみたら、重すぎて落としかけて長谷さんに叱られたのが懐かしいです」

「植木さんは力がなさすぎ。壊すかと思って冷や冷やしたよ」

「……あのときの長谷さんは般若でした」

「ほら、見てないで軽い荷物を運んできて！」

植木さんが慌てて玄関の方へと駆けていく。私も後ろに続いて、落とさずに運べそうな荷物を持つ。それでも普段持つ鞄より断然重たい。

先ほど春枝さんは涼しい顔をして運んでいたけれど、明らかに今私が持っているものよりも大きく重量がありそうだった。

荷物を全て運び終わると、見たことのないライトや、白い台などが、部屋にセッティングされていく。

最初のメニュー用の背景の布や小物を置くと、なにも載っていないお皿で仮撮影が始まった。その光景を見ているだけで、胸が躍る。今まで雑誌やホームページで見ていた料理写真は、こうして作られているんだ。

私は春枝さんの指示を受けて手伝いをしながら、メニューを完成させていく。

オレガノとチキンのトマト煮込み、パセリのポタージュの撮影が順調に終わり、次はバジルのスパニッシュオムレツ。

「長谷さん、確認お願いします」

「ここ、もう少しアングル下のも撮ってもらっていいですか」

光が点滅し、シャッターが切られる。

「このくらいですかね」

「これだとちょっと冷めているように見えませんか」

「ああ、焼き目に光が当たりすぎてるのかもしれないな。ちなみにあとで湯気足します？」

「うーん、スパニッシュオムレツなので湯気足すと合成感強くなりませんかね」

カメラマンさんと長谷さんが真剣に話し合いながら、何度も撮り直していた。

休憩中は和やかな雰囲気だけれど、撮影に入るとみんな真剣で、妥協しない。より良い形にするために遠慮することなく意見を言い合っている。

「オムレツをワンピース持ち上げている図も撮っておいて、それに少し湯気足してみたものも撮りませんか？」

「それいいですね！　お願いします」

「じゃあ、一旦光を控えめにしたのを撮ったあと、それいきます」

再びシャッターが切られ、話していたオムレツをワンピース持ち上げた図も撮影している。どうやら湯気は画像ソフトであとから足すらしい。

「はい、じゃあ料理下げてー」

私の出番がきて、撮影台の方へ向かう。料理が載ったお皿を受け取って、ダイニングテーブルに置く。軽くラップをかけて、取りやすいように小皿と箸、フォークなどを用意しておいた。

次の料理に取り掛かっている春枝さんの元へ手伝いに行くと、「ちよこちゃん、ありがとう」とお礼を言われた。

「みんなが食べやすいようにしてくれてるんでしょう。助かるわ」

「実咲に教えてもらったんです」

「そうだったのね。どう？　この仕事、楽しいでしょう」

「はい！」

迷いなく私は答えた。

踏み出すことが怖くて、同じ場所に留まって蹲っていた。けれど立ち上がって、一歩前に進むだけで、世界は広がって、まだまだ知らないものがたくさんあるのだと実感した。

まだ一日で、ほんの一部しか見ていないのはわかっている。今私が体験していることよりも、遥かに大変なことだってあるはず。

だけど、熱意を持って、お互いを尊重し合いながら働いている人たちに触れて、私もこんな仕事がしたいと強く思った。

夕方の四時には撮影が終わり、一時間ほどかけて片付けをした。春枝さんと私がマンションを出たのは、五時過ぎだった。

「ちよこちゃん、疲れたでしょう」

「立ってるだけなのに、すっごく足パンパンです！」

　ほとんど立っていて、お皿洗いや料理の手伝いなどがメインで、ものすごく身体を動かしたわけでもないのに、ふくらはぎが特に疲れているのを感じる。それに肩も凝っているのか、少し痛い。

「そうよねぇ。案外体力も必要だし、浮腫みやすいのよ。だから体力作りが大切よ」

　シェアハウスには、春枝さんが使っているトレーニングルームがある。毎朝ジョギングもしているし、どうしてそんなに筋トレをしているんだろうと思っていたけれど、仕事のためだったのかと納得した。春枝さんは片付けのときも重たいものを率先して運んでいて、撮影のあとなのに疲れた様子が全く見えない。

「春枝さん、私今日体験できてよかったです」

「いい刺激になったかしら」

「はい！」

　駅までの夕暮れの道を疲れ切った足で歩く。気分が高揚しているせいか、歩くのは苦じゃない。心地いい疲れだ。

「撮影のときにコーディネートしている人いたでしょう。ああいうことも時々こっちでお願いできないかって頼まれることがあるの」

「背景の布とか、小物を決めるやつですよね？」

「そうよ。お店に行って探したり、イメージを提案することもあるわ。あとは盛り付けをしてもらうこともあるわね」

春枝さんがいつも食器を工夫してご飯を作ってくれるのを思い出した。季節によって布や小物を変えて、世界観を作り上げる。色や小物についての勉強も必要だろうけれど、考えるだけでワクワクした。

「大変そうですけど、楽しそうですね」

「ちよこちゃんさえよければ、私のアシスタントをしながらフードコーディネーターの仕事を勉強していくのはどうかしら」

「え……」

「今日のちよこちゃん、ハーブを覚えているときみたいにいきいきして見えたの」

春枝さんの言う通り、充実していた。ハーブを覚えるときも、この仕事の手伝いをしているときも夢中だった。もっと覚えて吸収したい。そんな感情が芽生えていた。

「休職の件もあるし、考えてみて」

手を握りしめて、夕日に染まる空を見つめた。私の未来は、自分次第でいくらでも変えられる。私はこの先、どうなりたいんだろう。

その日の夜、夕食後にスマホへ一通のメッセージが届いていた。

先日お母さんからの電話に出ずに、そのままなにも連絡しなかったので心配しているみたいだ。私は意を決して発信ボタンを押して、お母さんへ電話をかけた。

コールが鳴るたびに、心臓がどくんと大きく跳ねる。本当は報告することも怖くて、逃げ出してしまいたい。

『もしもし、ちよこ？　この間、何度も電話したのよ！』

お母さんの勢いに、スマホを耳から僅かに離す。私が電話を無視していたので苛立っているようだった。

「ごめん、お母さん。色々あって……」

『仕事ばかりしてないで、ちゃんと自分の将来のこと考えないとダメでしょう』

「考えてるよ、私」

『ちよこの考えは甘いのよ。人生設計はきちんとしないと、後悔するわよ』

お母さんとはいつもどこか噛み合わない気がしていた。

お母さんのことが好きなはずなのに、向けられた言葉の違和感。だけど嫌われたくなくて、幼い頃から私は感情を飲み込み続けていた。

でも全て受け入れていたら、それは私が選んだ人生ではなくなってしまう。

「お母さんの言う将来のことって、結婚とか出産のこと？」

『そうに決まってるでしょう。二十代なんてあっという間なんだから』

お母さんの中の将来と、私の中の将来は目指すものが違っている。私にとっては結婚も出産も、必ず自分の将来の中に含まれているものではない。

「……結婚したいとは思ってないんだ」

『は？　なに言ってるの？　結婚しないでどうするの？』

「いつかいい人と出会ったら、結婚する日がくるかもしれないけど。自分に必要なことだとはそんなに思ってないの」

『だけど、年齢が上がったら子ども産むのだって大変なのよ？』

出産適齢期。そういうものが私たち女性にあるのはわかっている。

いずれ私も問題に直面して後悔することがあるのかもしれない。それでも私が生きているのは、いつかの未来じゃなくて今だから。

「私、無理に相手を探したくないんだ」

『はぁ……自分のことなんだから、真面目に考えた方がいいわよ』

「……真面目に考えてるよ。それで出た答えなんだよ」

必ず通らないといけない道のように言うけれど、生きていく過程で籍を入れたいと思う人と出会えたときに入れたらいい。結婚するために相手を探すようなことを、私は望んでいない。結婚は人が幸せになるための、絶対条件じゃないはずだ。

「それとね、お母さん。私……その、」

『今度はなに？　どうしたの』

「今の仕事、辞めて別のことをしようと思うんだ」

『仕事を辞める？　あんなに頑張ってたのに？』

　その言葉を聞いて、微かに胸が痛んだ。私の職場のことや、どんな仕事をしているのかについて、お母さんが聞いてきたことはなかった。そして私も話してこなかったのだ。だからお母さんは私がなにを抱えていたのかを知らない。

「……少し前から、休職してるの」

『休職って……』

「人間関係とか色々あって、それで会社に行けなくなっちゃったんだ」

『そんなこと全く話してくれなかったじゃない！』

「ごめ……っ」

　電話口で困惑しているお母さんに、思わずごめんなさいと言いかけて、口を噤む。心が折れないように、必死に歯を食いしばって、潤んだ目をきつく閉じる。

　私はお母さんの理想通りにはなれなかった。そしてこれからもなれないのだと思う。

『仕事辞めてどうする気なの？』

「他の仕事を紹介してもらえて」

『紹介？　それ大丈夫なの？　怪しい仕事じゃないの？』

「……違うよ」

声が擦(かす)れて、喉が痛い。もっと大きな声でブレないように話したいのに、お母さんを前にすると私は自信を持って話すのが怖くなってしまう。

「料理研究家の人のアシスタントをさせてもらおうと思ってるんだ」

『そんなことちょこにできるの？　今までの仕事とは全然違うでしょう』

「違うけど、でも……実際に手伝いもさせてもらって、やってみたいと思ったの」

『そう。怪しい仕事じゃないならいいけど』

あまり納得していない様子だったけれど、反対する気はないようで胸を撫で下ろす。

『でも休職して仕事を変えるだなんてお父さんが聞いたらなんて言うか……それに夏は帰ってくるでしょ？　そのとき伯母さんたちにも色々聞かれるんじゃないかしら』

前まではお母さんが私に関心を持っているようで持っていない気がして寂しかった。私の気持ちを聞いてもくれないし、こうして周りの目ばかりを気にする。

『私は別にいいのよ。でもお父さんたちは、仕事辞めるなら結婚した方がいいって言うと思うのよね』

普段の私なら「そうだね」とか「考えてみる」と答えてしまっていた。だけど震えても、情けなくてもいいから、私は流される自分ではいたくない。

誰にどう思われて、なんて言われるのかは気にしない。と言ったら嘘になる。だけどもう他人の意見に左右されたくなかった。

「お母さん、これは私の人生だよ。だから私が決める」

たったこれだけの言葉を口にするだけで、緊張で息が上がる。

手汗が滲んで、今にもスマホが滑り落ちてしまいそうだった。けれど両手で必死に持ちながら、黙り込んだお母さんの返答を待つ。

今まで私がここまではっきりと言うことはなかったので、相当驚いているようだ。そして短く息を吐くのが聞こえてくる。

『……わかった。お父さんには伝えておくわ』

諦めたような力のない声音だった。

私に意見することを諦めたのか、それとも私に幻滅したのかはわからない。見捨てられたような孤独感に苛まれて、縋りつきたくなる。

お母さんに頼って、言う通りにして、褒められて。自分で決めるのではなく、いつも決めてもらえるのは、真綿に包まれたように心地よくもあった。だけど、今手を伸ばしてはダメだ。それではなにも変わらない。

それで躓いたとき、私はお母さんのせいにしてしまうかもしれない。私の人生の責任は、私が負いたい。

「うん。それじゃあ、また連絡するね」

電話を切って、床に座り込む。手は震えていて、心臓の鼓動も普段より速い。自分の気持ちを言えたという安堵と、後日また連絡が来て叱られるんじゃないかという不安が入り混じる。

意思が揺らがないように、震える手を握りしめた。

そして、私はすぐに立ち上がって部屋を出た。

本当はもう少し片付いてから話そうと思っていたけれど、待たせるよりは先に報告しておきたい。

階段を上り、春枝さんの部屋へと向かおうとすると、右側のドアが開いた。たったそれだけのことで、私は飛び上がるほど驚いて尻餅をついてしまう。

「え!?　加瀬さん、大丈夫?」

椎名さんは目をまん丸にして、私を見つめている。部屋のドアを開けただけで、こんな反応をするなんて、醜態を晒してしまって恥ずかしい。

「ごめんなさい、ちょっとその、考えごとしてて……」

「うん、そんな顔してる」

私の隣にしゃがんだ椎名さんが、小さく笑った。

「え、どんな顔してますか!?」

「眉間にシワが寄ってるし、難しいこと考えてるって感じ」

　そんなに酷い顔だろうかと、両手を頬に当てる。

「春枝さんのとこ、行こうとしてた？」

「……はい」

「なにがあったのかわからないけど、もっと肩の力抜いた方がいいんじゃない」

　この熱が冷めないうちにと思って行動を起こそうとしていたけれど、力んでしまっていたみたいだ。

「そういえば、この間春枝さんの撮影アシスタントしたんだって？」

「でも……アシスタントっていっても私たいしたこと全然できなくって、これから覚えないといけないことがたくさんあるなって」

「ってことは、続けるんだ？」

　椎名さんの表情が優しい。私の変化を喜んでくれているような気がして、自分の心の内側にある感情をぽつりと口にする。

「はい。私……アシスタントとして働きたいんです」

「そっか。じゃあ、今の仕事は辞める決心がついたんだな」

　あの職場に戻る選択を、私は最初からする気がなかったように思える。自分の傷や将来を直視できなくて、臆病な私は後回しにしていた。

「つきました。ようやく道を自分の意思で歩いていける気がするんです。とはいっても、まだ春枝さんに道を照らしてもらっている感じですが」

「いいじゃん、少しくらい照らしてもらったって。誰だってひとりじゃ歩くのがしんどくなるときがあると俺は思うけど」

蝋燭の火が灯るような、そんな言葉だった。

——どうしてもうまくいかないこともあるし、時には休息が必要なことだってある。

——泣くことに年齢なんて関係ないだろ。泣きたいときに泣けない方がしんどいよ。

椎名さんは寄り添うのが上手な人だ。相手の欲しい言葉を、押し付けるのではなくて、そっと渡してくれる。

「どの道に進むかは自分次第だけど、人と対話することによって知れることや気づけることだってあるしさ」

「椎名さんも、灯りみたいな人です」

「俺？」

「いつも優しい言葉で照らしてくれるので」

きょとんとしていた椎名さんが、顔をくしゃっとさせて笑う。妙な譬えをしてしまったと、羞恥が湧き上がってくる。

「忘れてください！」

「やだよ。嬉しいから覚えておく。ありがと」

普段はもっと大人びて落ち着いているのに、今日は無邪気な子どもみたいなことを言いながら笑っている。親しみを感じて、じっと見つめてしまい我に返った。

「ごめんなさい、長話しちゃって」

椎名さんは女性が苦手だから、引き留めたら負担をかけるかもしれない。

「俺に苦手なものとか触れられたくない話題はあるかって、前に聞いてくれただろ」

「え？……はい」

「あのとき、俺のことを考えて聞いてくれてるんだなって思った。加瀬さんのそういう気遣いが俺は嬉しかったよ」

今度は私が目をまん丸にする。

「加瀬さんの優しさが誰かの灯りになることだってあるよってこと」

くすぐったくて、だけど視界が滲む。椎名さんなりの励ましなのかもしれない。その思いやりが嬉しかった。

視界の端でなにかが動いた気がして、視線を左側へ向けると、春枝さんの部屋のドアが数センチほど開いていた。

「……立ち聞きですか」

椎名さんが呆れたように問いかけると、ドアが更に開かれていく。

「大きな声がして、なにかしら？って思ったの。そしたらね、ふたりの会話が聞こえてきちゃって」

ドアからひょっこりと顔を覗かせた春枝さんが、ふふっと笑う。

「椎名くんが素敵なこと言ってるなぁってつい聞いちゃったの」

「うわー……廊下で話すんじゃなかった。俺めちゃくちゃ恥ずかしいこと言ってたよな」

両手で顔を覆った椎名さんをよく見ると首まで赤くなっている。

「恥ずかしくないよ、かっこよかった！」

今度は階段の方から声が聞こえてきて、慌てて振り返った。柚紀ちゃんが何故か階段の途中に立っている。

「私も大きな声がして、なんだろうって思って。そしたら椎名さんがかっこいいこと言ってたから、つい聞いちゃった」

からかっているというより、本気でキラキラとした目で言っている柚紀ちゃんの真っ直ぐな言葉は、ある意味大きな打撃だったようだ。椎名さんは耳も赤くして言葉にならない声を上げている。

「ごめんなさいね。立ち聞きなんてしちゃって。お詫びに、ハーブティーはいかがかしら？」

「……じゃあ、オリジナルブレンド作ってください」

拗ねたように椎名さんが言うと、春枝さんが「任せて」と頷く。

床にへたり込んでいた私は、ゆっくりと立ち上がった。そして柚紀ちゃん、椎名さん、私、春枝さんの順に階段を下っていく。

夜の優しいティータイムが始まる。今夜はなにが飲めるのか、それを考えるのも楽しいけれど、それ以上にみんなで過ごす時間が私にとって、なによりも癒やしだった。


翌朝、部長と人事部の人にメールを送った。人事部からは退職に関する書類などの説明の連絡が来て、部長からは一度会って話をしようと言われた。

部長と顔を合わせるのは今でも怖い。だけど、最後くらいきちんと面と向かって話しておきたい。

できるだけ早い方がいいとは思っていたけれど、二日後に会社で部長と話すことになった。

退職にあたってどんな話をするのか、部長になにを聞かれるのかなど、色々と考えて寝付けなくなってしまう。

あの人を前にして、私はちゃんと喋れるだろうか。息が詰まりそうな感覚を思い出して、唇をきつく結ぶ。それでももう引き返したくない。

二日後の朝、緊張からか私は自然と目が覚めた。

スマホを見ると、時刻は七時。約束の時間は午後の二時なので、時間はまだある。だけど、早めに用意しておこう。

部屋から出て、洗面所で顔を洗い、スキンケアをする。鏡に映った私は、少しだけ顔色が悪い気がした。

リビングへ行くと、春枝さんと椎名さんがいて、朝食の準備をしている。今日はトーストらしく、パンのいい匂いが漂っていた。

「おはようございます」

挨拶をすると、ふたりから「おはよう」と返ってくる。その当たり前のことが嬉しく思えた。

「加瀬さん、朝食は食べられそう？」

「はい！」

「なにトーストがいい？　バター、苺ジャム、チーズ、好きなもの選んで」

「じゃあ、苺ジャムで」

椎名さんが私の分の食パンをトースターにセットしてくれる。そしてキッチンに立って、フライパンを温め始めた。

「スクランブルエッグとウインナーも食べる？」

「はい。あ、私やります！」

出社の準備をしないといけない椎名さんの手を煩わせるわけにはいかないと、横に立つ。

すると、椎名さんが首を横に振った。

「今日は俺に作らせて」

「え？　でも……」

「ちよこちゃん、座って待っていて。飲み物は私、朝食は椎名くんが用意するから」

半ば強引にダイニングテーブルの席につかされる。椎名さんも春枝さんも忙しいはずなのに。

少しして、香ばしい匂いがしてくる。お皿にはスクランブルエッグに、ウインナーが二本、そしてこんがりと焼けたトーストには苺ジャムがたっぷりと塗られていた。

「ありがとうございます！」

「ちょっと量が多いかもしれないから、食べられる分だけでいいよ」

普段の私の食事量から考えると、椎名さんの言う通り多めだ。だけど、今日は緊張して食べ物が喉に通らないのではなく、緊張しすぎてむしろお腹が空いている。

「さあ、どうぞ」

朝食のお皿の隣に置かれたのは、透明なティーカップに入った黄金色のお茶だった。この色には見覚えがある。

「カモミールティーですか？」

「ええ」

初めて春枝さんに淹れてもらったハーブティーで、私にとって思い出深い。

「冷めないうちに召し上がれ」

「いただきます」

両手を合わせた。バターで焼いた濃厚なスクランブルエッグには、ハーブソルトがかかっていて塩味が利いている。カモミールティーは独特な薬草の香りが鼻をつきぬけていく。はちみつが混ざっているのか、ほどよい甘みがある。

「美味しいです！」

私を見守っているふたりの眼差しは温かい。椎名さんと春枝さんは、私が今日会社へ話をしに行くことを知っているので、ひょっとしたらこれはエールかもしれない。

ふたりのおかげで憂鬱な気持ちがちょっとだけ吹き飛んで、リラックスできた。


昼頃、会社へ行く準備が整った。久しぶりのオフィススタイルの自分を姿見で確認して、なんだか懐かしい感覚になる。

白いブラウスを着るのは、会社へ行けなくなった日以来だ。

普段なら部長の目を気にして地味な色合いのスカートを穿くけれど、今日はカモミールティーの色のような黄色のフレアスカート。

このスカートは広報室に配属されたときに購入したもので、ずっと穿くタイミングがなかった。だけど、引っ越しのときも捨てられずにいた。

こうして着る日がきてよかった。

叱られることなんて気にせず、髪は毛先だけ緩く巻いて、メイクは細かいラメが入ったゴールド系にする。唇にはオレンジ系を引いた。

鏡越しの自分が明るい雰囲気になったような気がして、気分が上がっていく。

鞄を持って、玄関まで行くと「いってらっしゃい！」と大きな声が後方からした。

振り返ると、緊張した面持ちの柚紀ちゃんが自分の部屋のドアの隙間からこちらを見ている。春枝さんたちと同じで、柚紀ちゃんも心配してくれているみたいだ。

「いってきます！」

パンプスを履いて、元気よく返す。玄関のドアを開けると青空が広がっていた。


昼間だからか人の少ない電車に乗って、会社の最寄り駅で下車する。

慣れたオフィス街を歩きながら、いよいよだなと実感していく。

何度も頭の中でシミュレーションをしたけれど、心臓がバクバクと大きな音を立てて、なかなか平常心にはならない。

エントランスを過ぎて、社員証を機械にかざす。前を塞いでいたバーが上り、直進していく。するとひとりの男性がエレベーターを待っているのが視界に入った。

──里見くんだ。

彼を見ただけで、嫌な汗が手のひらに滲む。さすがに階段で九階まで上がるのはきつい。それとも彼がいなくなるまで隠れていようか。そんなことが頭に浮かんだけれど、すぐに拭い去る。

向き合うって決めたのだから、逃げたりしたくない。

「え、加瀬!?」

振り向いた里見くんが目をまん丸に見開いた。この反応からして、部長から私が今日来ることは聞いていないみたいだ。

「体調、大丈夫なのか?」

「うん、今は大丈夫」

ふたりでエレベーターを待つことになり、気まずい空気が流れる。いや、気まずいのは私だけかもしれない。里見くんの話を私が聞いてしまったことを、彼はおそらく気づいていない。

「ごめんね。突然休職して、色々迷惑かけちゃって」

「いや、俺こそ色々頼りすぎてたよな」

そうだねとも、そんなことないよとも答えられない。だけど私の返答なんてお構いなしに里見くんは話を進めていく。

「戻ってきたらさ、飯食いに行こう。前に奢るって約束したじゃん」

　復職すると思っているようなので、私が辞めることを伝えておいた方がいいかもしれない。でも今話したら、瞬く間に広まるだろう。部長と話をして帰る頃には、オフィス中が知っていることになりそうだ。

「それと、加瀬に担当してほしい仕事あってさ」

だけど、このまま曖昧な返答をしてやり過ごすよりも、私の言葉で伝えておきたい。

「里見くん、私仕事辞めようと思ってるんだ」

数秒の沈黙が流れる。饒舌(じょうぜつ)な里見くんに無言の時間があるのは珍しいことだった。それほど私が退職することに衝撃を受けているらしい。

「だから今日は部長にその話をしにきたの」

　エレベーターが一階につき、私が先に乗り込む。里見くんはワンテンポ遅れてから、中に入ってくる。

　彼が口を開いたのは、エレベーターのドアが閉まった直後だった。

「部長のせい？」

　里見くんが「それなら俺、相談乗るよ」と、本気で心配しているような表情で訴えかけてくる。

「前々から部長って加瀬に当たりキツかっただろ？　だから、加瀬も精神的にしんどくなって休職したんじゃねぇの」

私の心が壊れたのは、部長のことも理由のひとつだ。だけどそれだけじゃない。

「理由は他にもあるよ」

「本当に？　俺が人事部に言おうか？」

「里見くん」

名前を呼ばれたのだと思ったらしく、里見くんが「ん？」と首を傾げる。

「里見くんも理由のひとつ」

そう言って笑いかけると里見くんは目を見開いて硬直してしまった。

きっと彼は、エレベーターを降りてオフィスに戻ったら、私が会社を辞めるのは部長のパワハラが原因だとか周りに言いふらすつもりだったのだろう。彼を今まで見てきたから察しはつく。だけどその原因に自分も含まれていたら、どうするつもりなんだろう。

「俺……加瀬になんかした？」

自分の業務を押し付けていたことも、裏で私を笑っていたことも、全て彼にとってはなんてことないのだ。

「要領が悪くて、広報室のサンドバッグだっけ？」

「え……ぁ、それは先輩たちが言いだしただけで、俺は……」

私が知っていたことに驚いたようで、どう返せばいいのか戸惑っているみたいだった。

今になって思うのは、里見くんの仕事を引き受けるのではなくて、サポートとして手伝うという形をとるべきだった。あるいは周りの先輩たちに相談したり、手伝ってほしいと私から頼んでいたら変わっていたかもしれない。

けれど、それはあの場所を離れた今だからできる考え方だ。

手伝うといっても里見くんは資料作りなどを丸投げしてくるだろうし、あの空間で助けてほしいと言っても先輩たちは関わりたがらないはず。みんな自分たちの仕事で精一杯だったし、広報室内には見えない壁があった。

「理由は部長だけじゃなくて、色々あるんだ。もちろん私自身にも。もう人事にも話してるし、復職する予定はないよ」

エレベーターが九階に着くと、今までは開のボタンを押して、里見くんが出るのを待っていたけれど、今日は私が先に出る。

「じゃあ、元気でね。里見くん」

広報室には寄らず、直接部長と待ち合わせをしている会議室へと足を踏み入れる。電気をつけて座って待っていると、数分後に部長がやってきた。

「久しぶりね」

彼女の姿を見て、心臓が錆び付いた金属のような音を立てた気がした。

休職前に見た姿と変わらず、ヘアクリップで黒髪をひとつに纏めていて、グレーのパンツスーツを着ている。

「……お久しぶりです。ご迷惑をおかけして申し訳ありません」

立ち上がって頭を下げると、部長は「それで？」と私に言葉を返してくる。

「休んでいる間、なにしてたの？」

不意打ちの質問に、すぐに返事ができなかった。

部長と対峙（たいじ）することを何度も想像したけれど、やっぱり心の準備なんて整えたところで無力だ。何度も頭の中で会話のシミュレーションをしたけれど、目の前の部長は生身の人間で想像通りに話は進まない。

「別に貴方のプライベートを根掘り葉掘り聞き出そうとしているわけではないの。話したくなかったら言わなくてもいいのよ」

そんなに硬くならないでと部長が苦笑した。どこか私を気遣うようだった。

その姿を見て、この人もこんな表情をすることがあるのかと思った。もしかしたら私の肩の力を抜くために、仕事とは別の話題を振ってくれているのだろうか。

「引っ越しをしたり……これからのことを考えたりしてました」

部長と向かい合って座ると、私は休職中のことを話した。けれど話が広がることもなく、少しの間沈黙が流れる。

部長が息を吐くと、怒られた日々が脳裏を過り身体がびくりと震えた。

「前よりも顔色もよくなったみたいで安心したわ。体調はもう大丈夫なの？」

なにを言われるのかと身構えたけれど、意外な言葉が返ってきたので拍子抜けしてしまう。

「少し前まで味覚に異常があったんですが、今は戻ってきました」

「味覚に異常？」

部長は目を丸くした。精神面の影響がそこまで出ているとは思っていなかったのか、私になんて言葉をかけたらいいのかわからないようだった。

「休職直前から、食べ物の味が薄く感じていたんです」

「……大変だったのね」

私は曖昧に微笑むことしかできない。再び沈黙が流れると、ようやく本題に入った。

「辞めるって聞いて驚いたわ。本当にいいの？」

もう決心が揺らぐことはない。真っ直ぐに部長を見つめながら答える。

「はい」

「せっかく本社勤務になれたのにもったいないわね」

入社したての私だったら同じことを思っていたかもしれない。だけど今の私にはもったいないことだとは感じなかった。再びあの空間に戻って、耐えながら働く日々の方が自分のためにはならないように思える。

「そんなに仕事が辛かったの？　だけどね、それくらい誰でも経験することなのよ」

　非難するように部長が眉を顰めた。

「辛いからって逃げていたらなにも変わらないわ。逃げずに立ち向かわないと」

「……わかってます」

　この人も今の地位に行くまで、おそらくはたくさんの苦労をしたのだろう。だからこそ、私を見ていると、それくらい耐えなさいと苛々するのかもしれない。けれど私と部長は別の人間で、同じ感覚や考えを持っているわけではない。

「それでも退職を決めました」

　本当は、何度も最後くらいビシッと言い返したいと思っていた。だけど私にはこれが精一杯だった。

「……そう。もう説得もできなそうね。わかったわ。わざわざ呼び出して悪かったわね。デスクの荷物は人事部がまとめてくれるそうだから、近いうちに連絡が行くはずよ」

「わかりました。休職して、ご迷惑をおかけしてしまい、申し訳ございませんでした。今までありがとうございました」

　立ち上がり、改めての謝罪と今までのお礼を告げる。最後だからだろうか、ふとあることが頭をかすめた。

「広報に配属されたとき、すごく嬉しかったんです。あの頃、部長に憧れていました」

強くて逞しくて、凛としている部長の姿が眩しくて、いつか私もこの人みたいに仕事ができるようになりたい。そう思って、必死に業務を覚えた。

だけどいつしかその憧れは、恐れになってしまった。

責めるような厳しい瞳が揺れる。傷ついたような、どこか申し訳なさそうな部長に、私は笑みを向けた。

「お世話になりました」

私は深く頭を下げてから、会議室を出た。

すれ違う人たちは、私を物珍しそうに眺めている。彼らの間を、ヒールの音を響かせながら歩いていく。

小声でなにかを話している人たちも視界の隅に入ったけれど、俯かない。俯いたって私が選んだ道は変わらない。それなら、顔を上げて歩いたほうがいい。

『大人になっても後悔ってする？』

柚紀ちゃんの言葉が頭を過った。後悔は何度もする。

だけど同じ後悔を繰り返さないように必死に考えて、ちっぽけな勇気を振り絞って足を踏み出す。

そうやって経験から学んで前に進んでいくのが、私にできる歩き方なのかもしれない。

会社を出ると、身体の力がすっと抜けていく。

まだ手続きが残っているけれど、それでも終わったんだなと感じる。期待を抱いて入社したこの会社を私は辞めるのだ。

駅まで続くこの道を歩くのは、きっと今日が最後。周りの風景を目に焼き付けるようにゆっくりと歩いた。

真っ直ぐ家に帰ろうかと思っていたけれど、寄り道をすることにした。

以前調べたハーブを売っているお店が、会社のある駅からそう離れていない場所にあるのだ。シェアハウスからは遠いけれど、それほど遅くはならないだろう。

ハーブ専門店へ行くと、じっくりとハーブを吟味した。欲しいものがありすぎて、迷ったけれど特に気になったのは、エルダーフラワーだ。

サンプルの匂いを嗅いでみると、ほんのりと甘みがあり爽やかな香りがした。

花言葉は〝思いやり〟と〝苦しみを癒やす〟と書いてある。それに惹かれて、私は購入を決めた。まるでシェアハウスみたいだ。私にとって、あの場所は思いやりに溢れていて、苦しみを癒やしてくれた。

他にも色々と寄り道をしていると、すっかり日が暮れる時間になってしまった。

春枝さんたちが心配するかもしれない。今から帰りますとメッセージを送って、帰路につく。帰ったら今日購入したエルダーフラワーを使って、みんなでハーブティーを飲みたい。

春枝さんに聞きながら、ブレンドしてみるのもいいかもしれない。

夜の七時にはシェアハウスの前に着いた。

鍵を開けていると、玄関のドア越しに音がした。誰か通りかかったのだろうか。ドアを開くと、「ちよこちゃん！」と慌てたような柚紀ちゃんの声がすぐに聞こえてくる。

玄関には、柚紀ちゃんと春枝さん、椎名さんが出迎えてくれていて、目を見開く。

「あれ……椎名さん、早いですね」

「定時に上がって真っ直ぐ帰ってきたんだよ」

もしかして私のことを心配して早く帰ってきてくれたのだろうか。きょとんとしている私に、春枝さんが笑いかける。

「ふたりともちよこちゃんのことを心配して、ずっと落ち着かなかったのよ」

「だって、加瀬さんが俺より帰ってくるの遅いとは思わなかったんですよ」

「なにかあったんじゃないかって思うでしょ！」

椎名さんと柚紀ちゃんは、むっとした表情をしながらも「大丈夫だった？」と私に声をかけてくれる。

「ごめんなさい！」

極度の緊張から解き放たれたこともあって、普段よりも頭が回っていなかった。もっと早く連絡を入れるべきだったと反省する。

私は鞄からハーブ専門店の袋を取り出して、三人に見せた。

「これ買いに行ってたんです。今夜みんなで飲みましょう！」

柚紀ちゃんと椎名さんは脱力したように表情を緩める。一方春枝さんは両手を合わせて

「エルダーフラワー！　素敵ね！」と喜んでくれた。

食後は、このエルダーフラワーを使ってみんなで夜のティータイムになるだろう。どんな味がするのか、どんなハーブと合うのか、考えるだけで今から楽しみだ。

「春枝さん、今日のご飯ってなに？」

「柚ちゃんの好きなナポリタンよ」

「俺、スープ作りましょうか」

三人が晩ご飯の話をしながら、リビングへと戻っていく。

先に部屋へ鞄を置きにいこうと私はドアノブに手をかける。すると、「大事なことを言い忘れていたわ」と春枝さんが振り返った。

「ちよこちゃん、おかえりなさい」

続けて椎名さんと柚紀ちゃんも「おかえり」と声をかけてくれる。

おかえりという言葉がこんなにも嬉しいものだとは、私はここへ来るまで知らなかった。

じんわりと温かい想いが心に染み渡っていく。

数ヶ月前の私は会社へ行けなくなり、味を感じなくなって、絶望の中にいた。

だけど今は帰りたい場所があって、言葉を交わしたい人たちがいる。

穏やかで優しい幸せを噛み締めながら、私は微笑んだ。

「ただいま！」

番外編　不器用なハーブカクテル

「寿々ちゃんは真面目ねぇ」

　中学生の頃、叔母さんが微笑みを浮かべながら私に言った。だけどその言葉を私は素直に喜べない。

　私を表す言葉は、〝真面目〟か〝優等生〟だった。

　妹の菜樹南は、愛嬌があるとか天真爛漫と言われ、末の妹の芹那は可愛いとかおっとりしていると言われる。私を表す言葉だけ、とても味気ない。

　菜樹南は学校でよく問題を起こすから、周りに迷惑ばかりかける。

　小学生の頃は、菜樹南がクラスの子たちと掴み合いの喧嘩をしたら、姉という理由だけで先生に家で注意してと言われたり、それが原因で同級生たちから好奇な目で見られたこともある。

　芹那は、自分で行動を起こすのが苦手で人に頼る癖があり、ちょっとしたことで菜樹南やお母さんたちに泣きつく。

例えば芹那が小学校高学年のとき、男の子が死んだ蝉（せみ）を掴んで見せてきたとか、音楽のテストで声が裏返っちゃったとか、それを家でお母さんに話しながら涙を流して、慰めてもらっていた。

死んだ蝉なんて一ミリも動かないし、声が裏返ることくらい誰でもある。なんでそれだけのことで泣いてんの？って私はいつも呆れていた。

そんな私に、菜樹南が決まって正義感を振りかざしてくる。

「寿々ちゃんの言い方はキツすぎ。芹那がかわいそう」

どうせ私は冷たくて、芹那にも怖がられている。ふたりにとっていい姉であったことなんて一度もない。

大嫌いだから、優しくなんてなれない。

寿々ちゃんは人の気持ちをわかってないと言われたこともあったけど、妹たちだって私の気持ちをわかってくれたことはなかった。

迷惑をかけている菜樹南や芹那ばかりが、お母さんの視界に入る。私だってもっと心配してもらいたい。「しっかりしているから大丈夫よね」なんて言われたくない。

小学生の頃から、菜樹南の無神経さに対して言葉がキツくなったり、睨むことはよくあった。その度に、「ガリ勉」「性格悪い」と菜樹南は私に言い返してきた。

私の誕生日にお母さんからもらったフリルのついた髪留めを、菜樹南が「寿々ちゃんよりも、芹那の方が似合う」と言ったので、腹が立って田んぼに突き飛ばしたこともある。あれはちょっとやりすぎたかもしれないけれど。

私のハンカチを勝手に使って、校庭の砂で汚されたときは、菜樹南の大事にしている物を取り上げたこともあった。

菜樹南は私を意地悪だと思っているけれど、私は菜樹南を我儘だと思っている。

私たち姉妹は、どうしても性格が合わない。

お互いの些細な言動に腹が立って仕方がないのだ。そして私も菜樹南もされたことはずっと記憶に残り続ける。

だから私たちは大人になってもわかり合えなかった。

定時である六時に仕事が終わり、すぐに家へ帰って趣味に没頭していると、叔母さんから電話がかかってきた。連絡先は一応交換していたけれど、こうして電話がくるのは初めてだ。

話を聞くと、従妹の柚紀ちゃんの件だった。柚紀ちゃんが不登校になり、今は私の実家で暮らしているそう。お母さんと連絡をとっていないので、私は初めてその話を聞いた。

『それでね、寿々ちゃん。もしも実家に帰ることがあれば、柚紀の様子を気にかけてくれるとありがたいの』

電話越しの叔母さんからは、娘が心配で仕方ないという想いが伝わってくる。

柚紀ちゃんは明るくて活発な子という印象だった。お父さんが亡くなる前までは、うちの家に遊びにくることもあって、家に帰ると嬉しそうに「おかえりなさい！」と声をかけてくれる。妹たちではありえない光景だ。

柚紀ちゃんは菜樹南に一番懐いていたから、私はあまり近づかなかったけれど、いつも挨拶をしてくれて、すーちゃんと呼んでくれて、可愛いなと思っていた。そんな柚紀ちゃんが中学で不登校になるなんて、驚きだった。

「柚紀ちゃんも心配ですけど、叔母さんもあまり自分を追い詰めないでくださいね」

『……ありがとう。ごめんなさいね、こんな話しちゃって』

電話越しに叔母さんが洟をすすったのがわかり、胸が痛む。

声が似ているから、お母さんと重なってしまうのかもしれない。

『急に電話しちゃって驚かせたわよね』

「いえ、大丈夫です」

『お仕事お疲れさま。それじゃあ、またね。寿々ちゃん』

電話を切ると、ローテーブル越しに座っている彼——浅見秋弥が視線を上げた。

「なにかあった？」

「従妹のことでちょっと色々あったみたいで、叔母さんから事情聞いてたの」

「親戚なのに敬語なんだ」

た。

「癖かも」

真面目と言われた中学生の頃から、なんとなく叔母さんに対して敬語を使ってしまってい

「ふーん」とあまり関心がなさそうに言いながら、彼は自分の爪を眺める。私が塗ってあげたオーロラ色のジェルネイルが照明に反射して、虹色に光っていた。

「俺の手だと、なんかゴツいな」

苦笑する秋弥に私は、首を横に振る。

「そんなこと気にしなくていいじゃん。好きな色纏って気分上げる方が大事」

「それは確かに」

彼は同じ会社の先輩だ。二人で秘密を共有して、いつのまにかこうして一緒に過ごすようになった。付き合おうとか明確な言葉は交わしていなくて記念日はないけれど、恋人ではある。

可愛いものや美容が好きな彼。着飾るのは苦手だけれど、爪を綺麗にするのが好きな私。

私の秘密なんて大したことないのかもしれない。だけど、昔ネイルをして遊びに行ったとき、友達にイメージと違うと言われてから、たとえ休日に遊ぶときでも透明にしか塗れない。

それにお洒落に関心がなさそうな私が、普段よりも赤みの強い口紅を引いたり、フェミニンな服を着ていると、会社の男性社員に〝意外〟とか〝デート？〟とおもしろおかしく言わ

れる。それが恥ずかしくてたまらなかった。

放っておいてよって思うけれど、波風立てたら面倒くさいので、下手くそな愛想笑いしかできない。そんな私が会社にネイルなんてして行ったら、なんて言われるかわからない。だからこの趣味を私は誰にも話せなかった。

それなのに秋弥に打ち明けられたのは、先に自分の趣味を教えてくれたから。

特別な出来事があったわけでもない。

きっかけはただの偶然だった。会社の飲み会で、二次会へ行かなかった私たちは同じ方向のため、途中まで一緒に帰ることになった。

夜道を歩きながら、無言の時が流れていく。あまり話したことがないので、話題を思いつかない。

彼は身長が少し低めで痩せ型。髪の毛はちょっとだけ癖毛っぽい。あとから秋弥に聞いたところ、私がそういうのに疎かっただけで、パーマをかけているらしい。

丸みのある鼻と、下がっている目尻のせいで幼く見えるけれど、私よりふたつ上。穏やかな雰囲気の人だなと思っていた。

それに歩調を私に合わせてくれているのがわかるし、酔っ払っている人たちの横を通るとき、さり気なく庇（かば）ってくれた。

あともうひとつ、彼に対して思っていたことがある。

居酒屋で私が頼んだビールをテーブルに置いてくれたとき、手が綺麗だなと視線が釘付けになった。甘皮の処理がされていて、短く切られた爪は形が整えられていた。指先も乾燥していない。

会社で人差し指や親指の皮が剥けている上司や同僚を見ていたせいか、男の人でもこんなに綺麗な手の人がいるのだなと驚いた。そんなこと本人には言えないけれど。

『浜口さん』

『はい』

声をかけられて隣を向く。お酒を飲んだからか、彼の目元はいつもよりも赤みがさしていた。

『肌綺麗だけど、どんなケアしてる？』

『はい？』

今思えば、酔った勢いで彼は口を滑らせたのだと思う。

あまり深く考えずに私は淡々とした口調で答えた。

『ケアは特に……。化粧水とかはドラッグストアで一番安いのを買っているので、これといってなにかしているわけでもないです』

『マジ？　下地とファンデーションはどこの？』

質問攻めにされてうろたえていると、彼は我に返った様子で立ち止まってしまう。

『ごめん、忘れて』

気まずそうに視線を逸らして、表情を強張らせている。私は頷くことができなかった。このまま流してしまう方が、むしろ彼を傷つけるような気がしたのだ。

『私、本当にメイクとかこだわりなくって。よくわかってないんですけど、でも今度メモして浅見さんに渡します』

多分、そう答えたのが私たちの関係の分かれ道だったのだと思う。

それから約一年が経った今では、私と秋弥は恋人という関係になった。会社帰りに私の家に来てネイルをするのが私たちの金曜の夜の過ごし方。

「寿々はネイルを仕事にしようって思わないの？」

「しないよ。ただの趣味でいい」

ジェルネイルを集めるのも、デザインを考えるのも好きだ。だけど、それを仕事にするほどの熱量が私にはない気がする。

大学に進学する前に、私がこっそりと足の爪にネイルアートをしていたのを見たお父さんが『すごいな。寿々は器用なんだな』と褒めてくれた。

成績以外で褒められる機会がほとんどなかった私にとって、お父さんの言葉を何度も思い出すほど嬉しかった。

そういうのを勉強したらいいんじゃないかと提案もしてくれたけれど、私はお母さんにネイルの勉強がしたいとは言い出せなかった。

『寿々は今大学受験の大事な時期なんだから、思いつきでそんなこと言わないで』

お母さんがお父さんに怒っているのを聞いてしまい、一気に現実に引き戻される。

ただちょっと楽しくてハマっただけで、何年も続けていくほど好きでいられるかはわからない。

将来のことを考えるのなら、大学に進んだ方がいい。高校生のときはそう思って、ネイルを勉強するのを諦めた。

就職したばかりの頃は、仕事で落ち込むたびに違う道を選んでいたらと後悔したこともある。電車の中で、爪が綺麗な人を見るたびに、私もあんな風にネイルアートがしたかったと、八つ当たりだけれどお母さんを恨んでしまった。

お母さんのせいじゃなくて、決めたのは私なのに。

家を出て、彼と出会ったおかげで私の心境にも変化が生まれた。

ネイルアートをしてみたいと打ち明けると、彼は嬉しそうに俺の爪を練習台にしてと言ってくれた。そしてジェルネイルセットをプレゼントしてくれたのだ。

今までで一番嬉しくてたまらないプレゼントだった。私のしたいこと、好きなものを、彼は一緒に大事にしてくれる。

「これ落とすのもったいねー」

「土日はそのままにしてたら」

今からでもネイリストになる夢を持つことはできる。だけど、私にはこれがちょうどいいのかもしれない。

会社員として働きながら、好きな人の爪にネイルを施す。この日常が結構気に入っているのだ。

「うん。綺麗にしてくれてありがと、寿々」

温かい眼差しを向けられるとくすぐったい。私は彼との距離を縮めて、隣に座る。秋弥の肩に頭を乗せると、そっと包みこむように抱きしめられた。自然と涙がこぼれ落ちてくる。

「なに泣いてんの。相変わらず、よく泣くなぁ」

「……うるさい」

お母さん、私ね。しっかりなんてしてない。芹那だけが泣き虫なんじゃないよ。私も本当は泣きたい瞬間がたくさんあった。

なんでそれくらいで泣くの？って芹那に思っていたのは、きっと羨ましかったからだ。

感情を表に出せて、甘えられて、そして愛情を与えられている。そんな芹那が妬ましかった。

「時々こんな自分が嫌になる」

弱音が涙と一緒に落ちてしまう。

嫌だな。こんなの慰めてもらいたい面倒な女みたいだ。

「まあ、いいんじゃない。自分を嫌いになる日があっても。そのときの気分とか状況で、感情なんて天気みたいにコロコロ変わるし」

「そういうものかな」

できれば自分を好きでありたいけれど、嫌いなところが多すぎる。

あまり考えないように過ごしていても、ふとしたときに自分の悪いところが見えてしまい、自己嫌悪に陥るのだ。

「俺も自分のこと嫌になるときもあるけど、でも今日はそういう気分なんだなって思うようにしてる。誰かに八つ当たりをしなければ、自分の中でどんな感情を抱いていたって自由だから」

乾いた笑いが漏れる。過去の私は、八つ当たりばかりしていた。だからきっと私は家族とうまくやれなかったのだろう。

「今日晩飯、牛丼にしようと思ってるんだけど、いい？」

「うん。食べたい」

秋弥は料理が得意で、ネイルのお礼にと週末はご飯を作ってくれる。先週のコロッケも美味しかった。

「じゃあ、カクテルでも飲みながら作ろっかな」

「ハーブティーの氷、昨日作っておいたよ」

　私と彼は立ち上がってキッチンへ向かう。冷凍庫から製氷皿を取り出すと、薄茶色の氷ができている。ミントとレモングラス、レモンバームのブレンドティーを凍らせたもの。私のズボラさが出ていて、氷は大きさがバラバラだ。もっとちゃんと均等に注ぐべきだった。

「ごめん、形バラバラで」

「別に気になんないからいいよ。グラスこれにしよっか」

　ハーブティー氷を秋弥が用意してくれた細長く背の高いコリンズグラスに入れる。カシスのリキュール、炭酸水を注げば完成だ。

　カクテルを作り終えると、彼はキッチンで牛丼を作り始めた。私は先ほど使ったネイル道具を片付けながら、ハーブカシスソーダを飲む。

「今度カシオレでやってみるのもいいかもな」

「そうだね。オレンジとミントの相性もよさそう」

　私が最近ハマっているハーブを使ったカクテルは、お母さんの影響かもしれない。お母さんが庭で育てていて、ご飯はハーブを使ったものが多かった。

　だからかハーブを使った料理があると私は自然と食べてみたくなる。このカクテルもネットでレシピを見たのがきっかけで作ってみたくなったのだ。

それからこうして毎週彼と一緒にハーブを使ったカクテルを飲んでいる。

私のスマホが振動する。お知らせかなにかかなと思いながら、ローテーブルに置いていたスマホに視線を移した。

「え……」

画面を見て、瞬きを繰り返す。夢かと思い、何度もメッセージを見返すけれど、送り主はお母さんで間違いない。

【来月の寿々の誕生日、一緒に食事でもどう？】

先月の終わり、お母さんに誕生日おめでとうとメッセージを送るか迷った。だけど返事が来なかったらと思うと怖くて、結局送れなかった。

それに去年も私たちは一度も連絡を取っていなくて、もういっそのこと連絡先を消してしまった方がいいのかもしれないとまで思っていた。

喧嘩をして家を出たあの日から、お母さんは私のことなんて忘れたいのかもしれない。そんな風に勝手に想像して傷ついていたのだ。

だけど、私の誕生日を忘れずにいてくれた。どんな理由でメッセージをくれたのかはわからない。だけど、またお母さんに会える機会ができた。

お母さん、ごめんね。傷つけるようなことを言って。自分のことばかりで。

今まで意地を張って頑なに会いに行かなかったけれど、お母さんからのメッセージでこんなに簡単に私の凍っていた心は溶けてしまう。

ずっとお母さんに、気にかけてほしかった。会いたかった。でも言えなかった。

だってあんな風に家を出てしまって、私はいい子の皮を脱ぎ捨てた。

お母さんは私に幻滅したかもしれない。だから連絡するのが怖かった。

震える指先で、私は返事を打つ。

たった一言を返すので精一杯だった。

振り返った秋弥が泣いている私を見て、一瞬目を丸くしたものの、穏やかに微笑む。

「寿々、なにか嬉しいことでもあった？」

まだなにも話していないのに、嬉しいことがあったのだと察してくれる彼には敵わないなと私は頬を緩めた。

■参考文献
ココロとカラダに効く　ハーブ便利帳　／　真木文絵　ＮＨＫ出版

あとがき

『まどろみハーブティー　吉祥寺シェアハウスの優しい魔法』をお手にとってくださり、ありがとうございます。

眩しくて温かく、彼らの日常を覗いているような素敵な装画は、まかろんKさんに描いていただきました。前作『赤でもなく青でもなく』に続き、まかろんKさんありがとうございます。

シェアハウスの物語を考える中で、ハーブと結びつけたきっかけは、以前ハーブの入浴剤をいただいたことからでした。香りに癒されて、毎日次はどのハーブにしようとワクワクしていたことを思い返して、疲れた心を癒すハーブを題材にしました。

執筆する上で、ハーブの本を読んで効能を学んだり、作中で使ったハーブティーを淹れて味や香りを体験したり……いい勉強と刺激になりました。

春枝視点の物語を書くときは、家庭菜園を始めた友人に、いろいろと教えてもらいながらの執筆でした。（土の作り方から、野菜の育て方など丁寧に教えてくれてありがとう！）ちなみに撮影アシスタントの話は、過去の経験をもとにしています。こうして物語に生かせて、経験できてよかったなぁとしみじみ思います。
そして、担当編集さんの温かい言葉に支えられながら、こうして無事に形にすることができました。たくさんの人たちの力をお借りして、本ができるんだなと改めて感じております。作品に携わってくださった皆様、ありがとうございました。
最後に、あとがきまで目を通してくださった読者様。まどろみハーブティーという物語で、ひと休みしてくださり、ありがとうございました。

またどこかの物語で、出会えますように。

二〇二三年　八月　丸井とまと

ことのは文庫

まどろみハーブティー
吉祥寺シェアハウスの優しい魔法

2023年8月27日 初版発行

著者 丸井とまと
発行人 子安喜美子
編集 尾中麻由果
印刷所 株式会社広済堂ネクスト
発行 株式会社マイクロマガジン社
URL:https://micromagazine.co.jp/
〒104-0041
東京都中央区新富1-3-7 ヨドコウビル
TEL.03-3206-1641 FAX.03-3551-1208(販売部)
TEL.03-3551-9563 FAX.03-3551-9565(編集部)

本書は、書き下ろしです。
定価はカバーに印刷されています。

ISBN978-4-86716-458-7 C0193
乱丁、落丁本はお取り替えいたします。